épik

PRISONNIERS DE LA NUIT

EMMANUEL LANGLADE
illustrations de SARAH MARCHAND

rouergue

Illustration de couverture : © Sarah Marchand

www.lerouergue.com

À Inna et Manel,
dont les rires ont rythmé
l'écriture de ces aventures.

Emmanuel

À celle
qui aime « frabiquer »
de jolies histoires,
mon artiste préférée, Eden.

Sarah

Il était une fois...
RIEN !

Mine-de-Rien

1. ça a commencé comme ça...

Ce pays a souvent changé de nom.

Les hommes et les femmes habitent dans de grandes villes, et, quand ils quittent ces villes, la terre est souvent brûlée, les mers semblent faire danser moins de vagues que les yeux ne peuvent en voir. Un jour, le pays a été envahi, les habitants maltraités. Il y a eu ensuite une guerre très longue, et beaucoup de gens ont perdu leur maison. D'autres ont perdu la raison. Et puis, sans que l'on comprenne vraiment pourquoi, la guerre est repartie. Le pays fumait au milieu des cendres et des villages détruits. Plus rien ne poussait dans les champs, et une immense tristesse empoisonnait l'air. La plupart des gens ne sont pas revenus.

Ceux qui n'étaient pas morts et enfouis sous terre ne voulaient plus vivre dans les lieux où ils avaient tant souffert.

La vie a repris son cours d'une étrange façon. Les livres avaient été brûlés et personne ne se préoccupait d'en fabriquer de nouveaux, car les survivants passaient leur temps à reconstruire des maisons, des villages, des villes. Petit à petit, on a oublié les livres. Les histoires se racontaient, de la bouche à l'oreille, le soir, pour endormir les enfants, pour distraire les parents. Et de grands écrans gris sont apparus au bord des routes, aux carrefours des rues et même dans les maisons. Il y avait, presque tout le temps, un homme et une femme qui parlaient et donnaient des nouvelles du pays, informaient les habitants sur la qualité, toujours basse ou très basse, de l'air qu'ils respiraient. Très vite, les présentateurs se mirent à énumérer une liste de nouvelles lois. Ces lois étaient vraiment nombreuses, ce qui fait qu'elles étaient difficiles à retenir, personne n'essayait même plus en vérité... mais tout le monde était inquiet, les gens se parlaient de moins en moins et restaient enfermés chez eux.

Parmi les nouvelles lois, on a appris que tous ceux en âge d'étudier ne retourneraient pas à l'école ; elles étaient détruites pour la plupart, et les présentateurs sur les écrans gris remplaceraient les professeurs. Au début, les enfants ont trouvé que c'était une excellente nouvelle.

On a ensuite demandé aux personnes qui avaient pu sauver des livres de la destruction de les déposer dans de grands camions qui se chargeraient de les ramasser. Les derniers livres ont ainsi été brûlés. Ceux qui avaient essayé d'en garder ont été punis. On venait les chercher la nuit, et on n'entendait plus jamais parler d'eux.

La vie se résumait aux écrans gris, les gens n'osaient rien faire sans l'autorisation de l'homme et de la femme qui étaient devenus leurs chefs. Un jour, alors que tous les habitants étaient occupés à reconstruire le pays, on a annoncé que les enfants n'apprenaient pas assez bien malgré les cours qu'ils recevaient chez eux. On avait aperçu des adolescents dehors, en pleine journée, le soir, et parfois même la nuit, qui jouaient, loin des périmètres autorisés. Et cela n'était pas bien. Aussi, il a été demandé aux parents d'emmener leur progéniture devant les mairies où une longue file de bus attendait. Les familles, par peur de représailles,

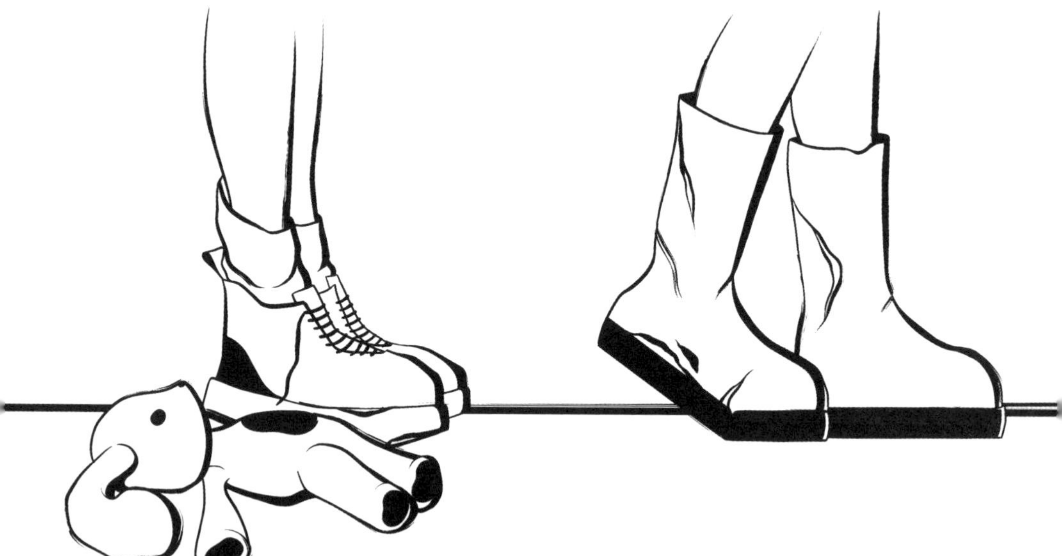

se sont exécutées, la mort dans l'âme. Elles avaient l'espoir que leurs fils, leurs filles, reviendraient un jour, et qu'ils les aideraient à remettre le pays debout.

Les parents sont retournés chez eux, le regard vide et le cœur lourd. Ils se sont assis devant le grand écran gris, et ils ont regardé, les yeux pleins de larmes, les présentateurs qui leur souriaient. À cause des larmes, l'image s'est brouillée et a fini par disparaître. Les bus roulaient dans le silence d'une nuit d'encre, vers une direction inconnue, emportant avec eux des colonies d'enfants apeurés.

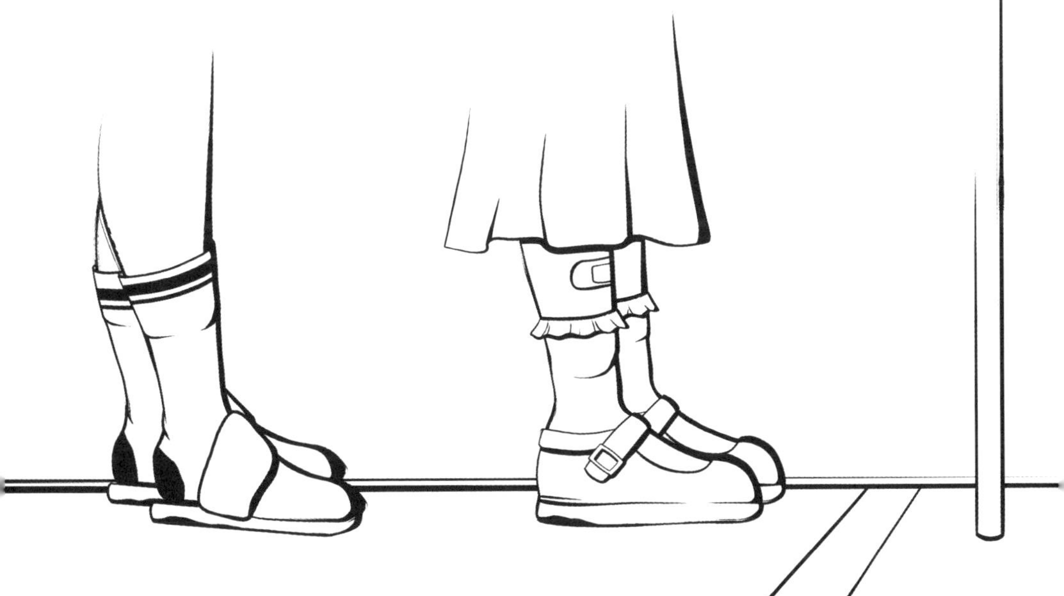

2. et la nuit les a engloutis

Pour la plupart des captifs, c'était la première fois qu'ils quittaient leur quartier. Les étoiles n'osaient pas briller, mais les phares de la longue file de véhicules éclairaient des rues désertes. La nuit était peuplée d'ombres effrayantes qui semblaient danser autour des bus comme s'ils étaient des proies qu'elles allaient engloutir. C'était un moment effrayant, et on entendait des sanglots monter dans l'air glacé.

Assise sur la banquette du fond, Saccage Bam-Bam serre la main de son petit frère, Mine-de-Rien.

Mine-de-Rien a des yeux grands comme un ventre d'ogre, c'est un petit gars qui ne cause pas mais qui regarde si fort son interlocuteur qu'il en devient inoubliable. Mine-de-Rien ne mesure pas beaucoup de centimètres, il est né dans un rêve que faisaient ses parents – mais quand ils s'étaient réveillés, après la guerre, le rêve avait disparu. Mine-de-Rien était resté.

Cet enfant fait penser à une île déserte. Il n'a pas de destin mais toute la vie devant lui, et il compte bien s'en fabriquer un lui-même, de destin. Pour l'instant, il a mal aux articulations, ses doigts sont tout blancs tant il serre fort la main de sa sœur. Des larmes dansent dans ses yeux mais ne coulent pas. Ses yeux sont des poissons coincés dans un bocal prêt à déborder. Il mord sa langue, et il sent la colère qui gronde dans son ventre.

Tout petit, il avait refusé de rester devant le grand écran gris, et il poussait des cris d'effroi lorsqu'il voyait apparaître les visages souriants de l'homme et de la femme. Il avait été impossible de lui apprendre quoi que ce soit, il refusait de parler, et il s'enfuyait dès que ses parents ouvraient la porte. Sans surprise, il fut l'un des premiers à être appelé pour monter dans un bus.

Saccage Bam-Bam est née quelques années avant l'invasion de son pays, c'est pour ça qu'elle a cette bonne odeur de vent sauvage qui flotte tout autour d'elle et agite sa longue chevelure rousse.

Saccage Bam-Bam est une héroïne
La meilleure des sœurs
Saccage Bam-Bam est
SUBLIME

Pour l'instant, elle essaie de cacher son inquiétude pour que son frère reste tranquille. Elle ouvre grand les yeux et tente de percer les mystères de la nuit. Elle devine plus qu'elle ne le voit le contour d'imposantes bâtisses, surtout des ruines, qui sont comme des milliers de portes qui donnent sur cette ville qu'on lui a interdit d'explorer. Un peu plus tard, elle croit distinguer des arbres, des champs, des forêts. Son haleine blanche vient buter contre la vitre, et sa vision se trouble. Elle qui rêvait depuis si longtemps de quitter la maison, elle n'imaginait pas que la vie loin de leurs parents commencerait par ce long ruban d'obscurité. Elle sent l'étreinte de la main de Mine-de-Rien qui se relâche, et, bientôt, comme son frère, elle sombre dans un sommeil agité où ni l'un ni l'autre ne parviennent à trouver le chemin des rêves.

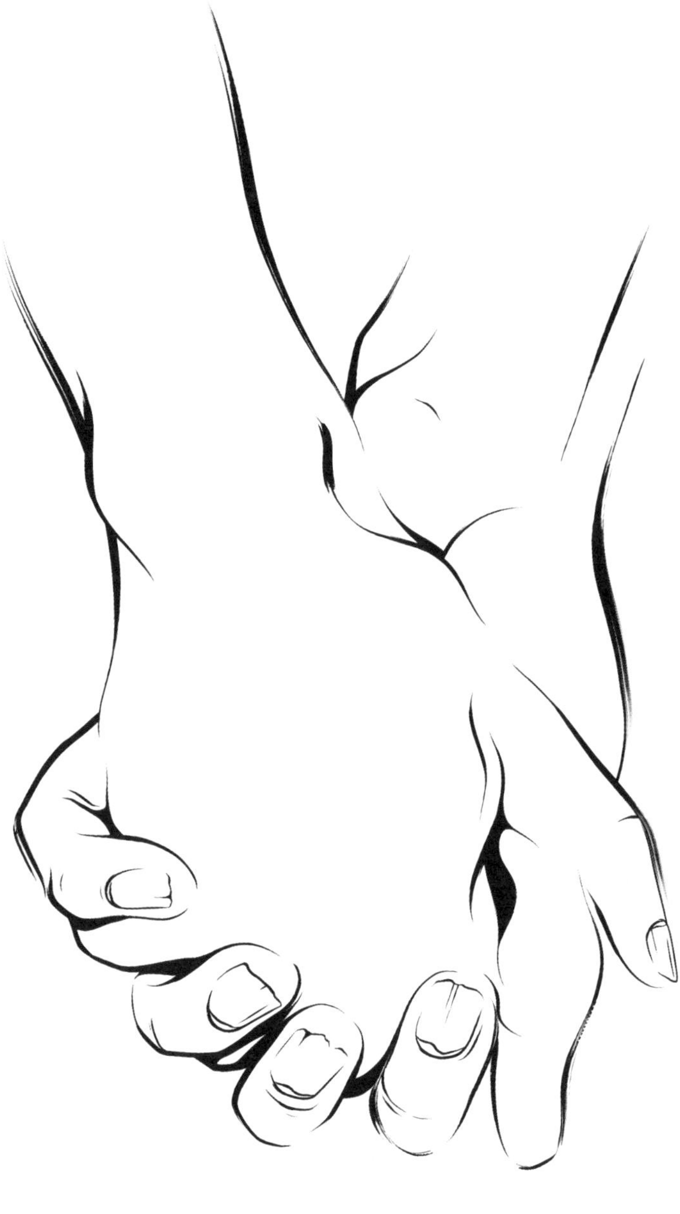

3. les hommes en gris, ce qui vient après la nuit…

C'est un soleil froid qui réveille les enfants, alors que les bus roulent toujours à vive allure sur des routes défoncées. Les corps sont endoloris par la mauvaise nuit et les visages chiffonnés par la peur. Et la faim. Les plus petits se plaignent doucement, certains pleurent en silence, tandis qu'un paysage gris défile derrière les vitres. Les passagers découvrent une désolation qui s'étend à perte de vue : des champs dévastés d'où s'élèvent par endroits des colonnes de fumée, témoins que des incendies couvent sous la terre. Parfois, des îlots de forêt surgissent, certains croient voir des loups géants qui s'y cachent, dont la tête hirsute et crevée d'immenses yeux rouges, comme des braises, surgissent un instant de derrière un tronc… d'autres, parmi les plus jeunes, entendent le hurlement de bêtes sauvages qui vient rebondir durement contre les flancs des bus. Et tous de trembler, en silence.

Saccage Bam-Bam et Mine-de-Rien ne se frottent pas les yeux, ne se serrent pas l'un contre l'autre ; ils ne laissent échapper aucune larme, ils se tiennent juste les mains. Très fort. Ils n'ont pas besoin de parler, ils savent qu'il y a, qu'il y aura toujours entre eux, cette connexion qui les protège de la folie des hommes, des coups du sort. Il suffit que l'un pense à quelque chose pour que l'autre reçoive l'information et réagisse dans la seconde. Leurs pensées se mêlent, forment un tout, et si Mine-de-Rien s'effraie, sa sœur frissonne immédiatement pour se dresser, tel un rempart, et protéger son minuscule petit frère.

Le soleil monte doucement dans un ciel couleur de cendres et, malgré ses efforts, impossible d'apercevoir la moindre trace de bleu dans les nuages. L'air pique les visages, on devine la glace qui se forme et s'apprête à tout recouvrir de son lourd manteau transparent.

Mine-de-Rien se souvient des heures passées devant l'écran gris. Ces après-midi où il luttait contre les paroles de l'homme et de la femme qui cherchaient à lui donner des leçons, qui forçaient l'intérieur de son crâne pour y graver des règles qu'il ne comprenait pas. Ces jours où on lui interdisait de sortir, de jouer quand il en avait envie, de laisser ses pas le mener au hasard, à la découverte de la ville et de courir sur les routes qui s'en échappaient. Maintenant qu'il regarde ces étendues brûlées, où la vie semble avoir disparu, il sait qu'il lui faut explorer ce monde nouveau, voir ce qui se cache derrière les lourdes colonnes de fumée. Il veut marcher jusqu'au point le plus éloigné, le plus flou qui flotte sur l'horizon, et découvrir ce qu'il y a après, derrière, encore plus loin.

Saccage Bam-Bam reçoit son envie de plein fouet, son sang ne fait qu'un tour, et un frisson secoue son corps. Un long hurlement strident éclate, et c'est un éclair surgi de nulle part qui traverse le bus :

les fenêtres volent en éclats, le chauffeur lâche son volant pour se boucher les oreilles, ils quittent la route, les roues explosent, et le véhicule se renverse sur le bas-côté. La file de bus se disloque, les hurlements des enfants déchirent l'air et se mêlent au vacarme des tôles froissées. C'est une scène de panique, un chaos indescriptible.

À travers les vitres brisées, des captifs rampent et se relèvent, chancelants, dans un champ gris et triste. Une explosion retentit, des flammes crépitent, et une forte odeur d'essence brûle les narines. Des ordres sont hurlés, les soldats en gris qui encadrent les convois courent dans tous les sens, essayant de regrouper les prisonniers qui commencent à s'éparpiller dans la campagne. Le désordre est complet lorsque Mine-de-Rien s'éloigne du groupe blotti près du bus échoué, baleine éventrée gisant au fond d'un fossé. Il sait que les yeux de Saccage Bam-Bam vont le suivre, l'accompagner, le raccompagner près d'elle, mais c'est plus fort que lui, ses semelles, malgré la terre lourde dans laquelle elles s'enfoncent, sont soulevées, aspirées par le vent, et il s'élance, droit devant lui. Une main osseuse s'abat sur son épaule, le clouant dans la boue.

– Retourne avec tes camarades, sale chien !

Mine-de-Rien ne relève pas l'insulte mais la tête, et il plante ses dents dans la main. L'homme en gris pousse un cri de douleur et d'étonnement mêlés, il recule, glisse et tombe à genoux. L'enfant ne lâche pas prise, et c'est une colère venue de loin, du plus profond de sa mémoire, qui le traverse et le transforme en animal sauvage. Des uniformes entourent le gardien et la minuscule créature qui s'agrippe à lui en grognant. Un chef, sans doute, crie :

– Écartez-vous !

Et on entend siffler dans l'air un fouet dont les lanières sont composées de scorpions vivants. Les dards luisent dans la pâleur de l'aube, et les prisonniers se serrent les uns contre les autres, baissent la tête pendant que Saccage Bam-Bam tente de s'extirper du bus couché où elle est encore coincée, avec d'autres petits. La pagaille rousse de ses cheveux file à la vitesse d'une comète de feu... mais dans le cercle où lutte son frère, le temps du combat est le plus rapide : le fouet claque au-dessus de Mine-de-Rien, qui abandonne son adversaire et détale à toute vitesse, se faufilant entre les jambes des gardes.

Devant lui, l'immensité blanche de l'hiver. Il zigzague et fait des bonds. Derrière lui, les hommes s'esclaffent. Le cuir claque une nouvelle fois, plus près de sa tête. Il accélère.

– Tu veux jouer, petit ? Alors, reviens, jouons ensemble !

Le fouet siffle encore plus fort, le coureur sent les dards tranchants et froids crépiter à ses oreilles. Les rires s'éloignent, mais les scorpions gagnent du terrain. Ses jambes sont brusquement immobilisées, il tombe, sa tête rebondit sur la terre glacée. Mine-de-Rien est tiré en arrière, vers les militaires et leurs voix railleuses. Il rebondit comme une balle de chiffon, mais une lourde botte se pose sur son dos et le maintient écrasé, le visage enfoui dans la pierraille. Il est brusquement agrippé par les épaules, retourné. Instinctivement, il projette ses pieds en avant, dans un grand mouvement de rage. Il atteint en plein visage l'homme au fouet. Les moqueries cessent immédiatement, les gardes se précipitent pour relever leur chef qui se tient le nez entre les mains.

Le fuyard éclate de rire. Un rire sauvage qui déchire l'air et fait relever la tête aux petits qui se tiennent toujours blottis près de l'épave du bus. Un homme en gris se précipite, le bras levé, et abat un bâton noir qui fracasse le visage de l'enfant. Un filet de sang éclabousse la pâleur de ses joues et ruisselle sur son torse maigre. Mine-de-Rien vacille : le front est ouvert, une large plaie court jusqu'en dessous de son œil gauche. Il ouvre la bouche, mais son cri se confond avec celui d'une nouvelle explosion. La file de bus n'en finit pas de s'entrechoquer et de quitter la route défoncée pour s'empiler, se renverser. L'enfer semble descendu sur terre, les flammes redoublent d'intensité, et l'agitation des hommes en gris ajoute à la terreur des captifs.

Saccage Bam-Bam se tient maintenant près de son frère. Leurs mains se retrouvent, ils détalent. Leur course est rapide, mais des chiens sont lâchés et les rattrapent vite. Les voilà coincés au bord d'une rivière en crue qui charrie des arbres morts. Ils se détachent l'un de l'autre et tournent le dos à leurs poursuivants, prêts à sauter.

Saccage Bam-Bam compte « 1 » dans sa tête, Mine-de-Rien « 2 » puis, ensemble, ils crient « 3 ! », mais un fouet claque et s'enroule autour du cou de la jeune fille qui se fige sur la rive, pendant que son frère disparaît dans le tumulte des eaux noires. Elle voit un garde cracher et brandir le poing vers les flots déchaînés.

Un coup porté derrière la nuque la plonge dans un monde froid et silencieux, pendant que Mine-de-Rien s'enfonce dans le lit de la rivière. Le garçon sourit, car, à mesure que la lumière du jour s'éloigne, il sait bien, lui, qu'il quitte l'enfer... mais sa main, celle qui tenait Saccage Bam-Bam, le brûle horriblement. Sa sœur lui manque déjà plus que l'air qui s'échappe de ses poumons.

4. seule au monde ?

Les hommes en gris traînent la jeune fille au cou déchiré et sanguinolent vers le groupe d'enfants terrorisés. Les chiens, des molosses à la gueule couturée de cicatrices, excités par la chasse, aboient derrière le corps évanoui, mordent les longs cheveux de feu qui se noient dans la boue.

Cela prend des heures aux secours pour arriver sur les lieux de l'accident. Les captifs sont répartis dans de nouveaux groupes, les filles et les plus petits des garçons repartent dans un convoi spécial, alors que les plus âgés sont regroupés dans d'autres véhicules. Le soleil froid a disparu depuis longtemps lorsque les colonnes de bus s'ébranlent pour se fondre dans une nouvelle nuit.

Saccage Bam-Bam se réveille et, avant même d'ouvrir les yeux, avant de sentir la douleur qui vrille son crâne, elle comprend que son frère n'est pas là. C'est plus fort qu'elle, les larmes jaillissent. Pour la première fois de sa vie, elle fait l'expérience de la solitude. Elle se concentre et cherche à établir un contact avec Mine-de-Rien, mais aucun écho, pas la moindre image ne lui vient. Elle plonge plus loin, ouvre au fond d'elle des portes avec l'espoir fou de trouver une trace, un signe... mais rien. Puis, des paroles, claires et douces, viennent combler le vide terrifiant de son esprit :

– Ne t'inquiète pas, il ne t'a pas abandonnée...

Elle ouvre grands les yeux et cherche d'où vient cette voix qui, sans qu'elle sache pourquoi, la rassure. C'est une ombre de fille qui s'est assise à la place de Mine-de-Rien. Elle est encore plus petite que lui et elle sourit. Son nom, Montag, vient se loger dans l'esprit de Saccage Bam-Bam. Cela procède comme avec son frère, le timbre de l'enfant, depuis une bouche toujours close, résonne une nouvelle fois dans sa tête :

– Je ne connais pas ton frère mais je sais qu'il réapparaîtra bien avant la fin de cette histoire...

La jeune fille à la chevelure flamboyante ne se demande pas si cette histoire aura une fin mais plutôt comment elle va s'y prendre pour retrouver Mine-de-Rien. Elle ferme les yeux, revoit la rive, les eaux déchaînées qui engloutissent la silhouette de brindille de son frère, sa gorge se noue, c'est plus fort qu'elle ; de grosses perles transparentes glissent de ses yeux et rebondissent sur ses joues. Pourtant, une certitude s'impose à elle : Mine-de-Rien est là, dehors, bien vivant.

Elle tourne la tête vers la vitre. Le décor a changé. Ils circulent maintenant sur des routes bien entretenues, larges et bordées de hauts immeubles aux façades impeccables. Ici, aucune trace de la désolation qu'ils ont traversée durant les deux derniers jours. Les maisons éventrées, les champs couverts de cendres ont laissé place à un cadre agréable où les couleurs vives dominent. Seul le gris du ciel, bas et lourd, lui rappelle qu'elle est toujours prisonnière du même pays.

La respiration de Saccage Bam-Bam se calme, devient plus régulière. Elle ne se l'explique pas, mais une douceur émane de la fille qui a pris place à côté d'elle. Cela n'efface pas la douleur de l'absence de son frère, mais elle se sent apaisée.

Elle ferme les yeux.

Montag sourit.

Leurs respirations se synchronisent doucement, dans un grand calme intérieur.

5. seul Mine-de-Rien...

Mine-de-Rien s'est réveillé sur la rive sablonneuse d'une rivière dont il ne connaît pas le nom. Il a faim, il grelotte dans ses vêtements trempés. Ses yeux, ses mains ont tout de suite cherché sa sœur, puis, il s'est souvenu de leur fuite, des chiens et de son plongeon dans les eaux noires. Le minuscule enfant cède à la terreur lorsqu'il réalise qu'il ne peut plus compter sur Saccage Bam-Bam. Il se concentre comme il peut, tente de lui envoyer ses pensées, mais toutes se brisent comme les fines stalactites qui ornent les berges et que le vent fait disparaître dans le courant. À cet instant, il comprend qu'il doit survivre pour revoir sa sœur. Il rampe d'abord et se redresse lentement afin de perdre ce qu'il reste en lui d'intact, d'humain. Mine-de-Rien sait qu'il lui faut devenir bête parmi les bêtes ; même s'il ne sait pas quelles créatures vivent dans cette campagne désolée, il sent qu'il doit se fondre dans le décor, être le plus sauvage d'entre tous les vivants. C'est ainsi qu'il échappera aux hommes en gris. Et qu'il retrouvera Saccage Bam-Bam.

Il se met en marche, son cœur réchauffant doucement tout son corps endolori. Il disparaît dans une forêt de troncs décharnés, les branches mortes craquent sous ses pas, un nuage de cendres l'entoure un moment. Puis il s'évanouit dans le paysage.

6. la ville souterraine

Saccage Bam-Bam voit les longues avenues se transformer en tunnels, en interminables lignes droites qui plongent dans les entrailles de la terre. Les voûtes sont éclairées par des néons qui jettent une lumière sale, froide sur les visages. Les prisonniers s'observent en silence et découvrent qu'ils ont maintenant des cernes bien noirs et un teint blafard qui les font ressembler à des fantômes.

Les bus arrêtent enfin leur inquiétante descente. Leurs passagers, en file indienne, suivent, la tête baissée, des chefs de groupe qui les font progresser dans un dédale de couloirs. La marche est pénible, les lumières artificielles font mal au crâne et l'air arrive dans les souterrains grâce à des ventilateurs bruyants dont les vrombissements ne cessent jamais. Enfin, les enfants se voient affectés dans d'immenses dortoirs. Épuisés, hébétés, ils s'effondrent dans un lit dont on leur dit d'apprendre le numéro par cœur, car c'est maintenant le lit dans lequel ils dormiront toutes les nuits.

La plupart ont déjà sombré quand les lumières s'éteignent brusquement. Saccage Bam-Bam et Montag sont voisines, respectivement « Lit 24 266 » et « Lit 24 267 ». Elles se parlent encore pendant

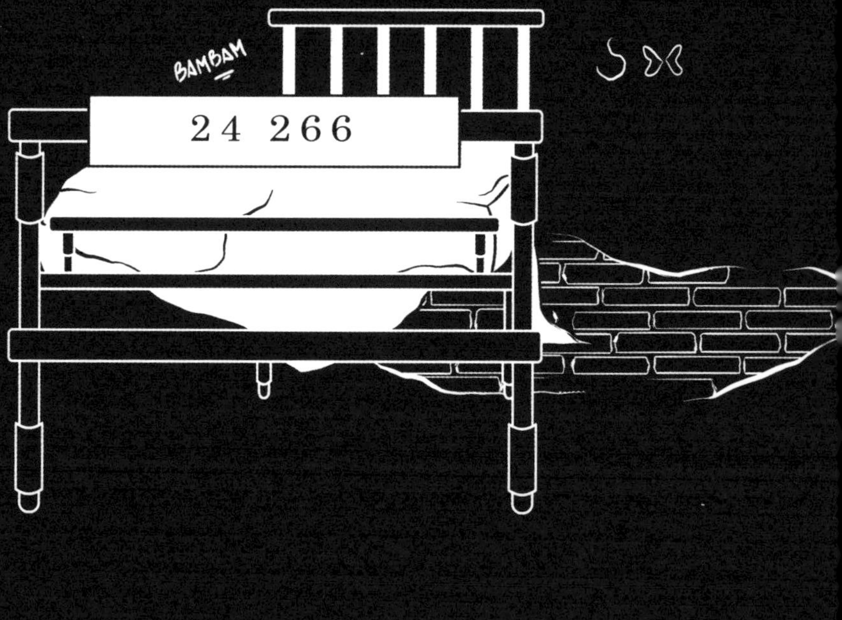

un long moment, malgré la fatigue, malgré le froid. Leurs chuchotements leur permettent de conjurer la peur et surtout de se prouver qu'elles sont bien vivantes. Une main très pâle tombe d'épuisement, hors de son lit. Montag saisit les doigts de son amie et les deux filles s'endorment doucement.

Au-dessus d'elles, sur de larges écrans, les deux présentateurs diffusent des nouvelles concernant les règles en vigueur sous terre. Quand cette lumière s'éteint enfin, on dirait qu'un œil lourd se ferme sur une nuit sans rêve.

7. survivre

En fin d'après-midi, dans le champ qu'il traverse, l'enfant errant aperçoit une souche d'arbre sur laquelle s'agglutinent de longs oiseaux noirs. Il s'approche, pensant faire peur aux volatiles décharnés, mais ceux-ci battent des ailes, jettent des cris stridents pour le repousser. Il se saisit d'un bout de bois et le fait tournoyer au-dessus de sa tête ; les corbeaux, de mauvaise grâce, s'envolent lourdement pour se poser quelques mètres plus loin. Il découvre alors que ce qu'il pensait être une souche est en fait un vieil homme assis sur un tabouret. Il pêchait – le champ est en réalité un immense lac gelé – et a dû s'endormir, laissant sa vie se faire happer par un grand souffle glacé.

Les charognards, tombés du ciel vide, affamés, sont venus picorer ce hideux garde-manger, et ils se montrent maintenant menaçants. Ils se déplacent en sautillant, semblent se concerter pour attaquer l'intrus et reprendre leur improbable festin.

Mine-de-Rien surmonte son dégoût puis entreprend de fouiller les poches de la statue. Il trouve un briquet en métal et une clé rouillée. Il se dit qu'il est sauvé, qu'une maison doit se nicher à proximité et qu'il pourra s'y réfugier. Il observe l'étrange tableau : cette créature, sa canne à pêche à la main, figée dans une attente éternelle. Le fil de sa ligne disparaît dans la glace qui le retient prisonnier. On dirait que le ciel et le lac recouvert de cendres ne forment qu'un seul élément, oppressant, que l'enfant cherche désespérément à fuir. Les derniers rayons du soleil font briller, au bout de l'étendue de glace, une fenêtre. Tournant le dos au pêcheur, il se met à courir droit devant lui. Il accélère et serre fort la clé à mesure qu'il approche d'une cabane en bois.

Une fois la porte refermée, il parcourt les lieux : c'est le logis d'un vieil homme solitaire, il n'y a qu'un lit rudimentaire, une grosse table bancale et une cheminée à côté de laquelle s'empilent des bûches bien sèches. Il allume un feu, immédiatement tout son petit corps se relâche ; il se déshabille très vite et s'enroule dans une couverture poussiéreuse, pleine de trous dans laquelle il se blottit comme si c'était une cape de roi. Doucement, il se réchauffe, sent la vie qui circule de nouveau dans son corps. Il se lève pour inspecter les étagères, espérant trouver quelque chose à se mettre sous la dent, mais rien... Il comprend pourquoi l'homme a risqué sa vie sur le lac : il mourait de faim... comme lui...

Il voit soudain son visage apparaître dans un morceau de miroir tout piqué, il distingue ses cheveux hirsutes, dressés en pointes, figées de boue, au-dessus de sa face blafarde. Il découvre aussi que du haut de son front jusqu'au milieu de sa joue gauche, une ligne rouge et zigzagante est apparue, là où le soldat l'a frappé. Il ressemble au fantôme d'un pirate venu régler ses comptes dans un monde déserté par les vivants. Il sourit à son reflet, regagne le lit et, le visage tourné vers les flammes qui crépitent dans la cheminée, s'endort. Sa nuit sera peuplée de formes noires, d'ombres ailées, qui le poursuivront, le feront trébucher sans fin. Il ne sera que fuite et, à aucun moment, il ne parviendra à entrer en contact avec sa sœur.

8. l'usine et les hommes en noir

Chaque matin, Saccage Bam-Bam, Montag et leurs camarades d'infortune sont emmenés, après une longue marche, dans une usine souterraine. Il s'agit d'une véritable ville, composée d'ateliers, de chaînes de production, qui s'étend sans fin dans les profondeurs de la terre. Là, ils sont répartis devant des machines qu'il faut alimenter en posant des pièces métalliques sur d'immenses tapis roulants ou en actionnant des leviers, des manettes,

en poussant des boutons de couleur. Impossible d'échapper au bruit, et les jets de fumée empêchent de bien voir.

Dans ces unités de travail, les machines sifflent, rugissent, hurlent, grincent, crachent, tremblent, dans une symphonie effroyable qui creuse les crânes et les vide de toute pensée. Qu'est-ce qui se fabrique sur ces chaînes ? Nul ne saurait le dire, tout semble complexe, minutieux, mais, après une journée de labeur, on n'observe aucun progrès. Aucune pièce ne sort de l'usine. C'est un mystère qui s'épaissit au fil des jours, et les enfants ont tous l'impression de vivre dans un absurde cauchemar.

Les gardiens, des hommes en noir, montrent aux prisonniers le geste précis qu'ils doivent effectuer, avant de les affecter à un poste spécifique pour la journée. C'est interminable, dangereux et épuisant. Les jeunes forçats ne peuvent avoir de vue d'ensemble du lieu. Il ressemble à une pieuvre mécanique, agitée d'une vie propre et secouée par de brutaux soubresauts. L'activité est permanente. Les corps brisés des ouvriers miniatures font peine à voir : ils courbent l'échine, le visage blafard. Leurs yeux, démesurément agrandis, ont cessé de chercher la raison de leur présence dans ce lieu où tout semble prévu pour réduire l'humain à rien.

Mine-de-Rien, se dit justement Saccage Bam-Bam, que ferait-il dans cet enfer ? Que fait-il à cet instant ? Pense-t-il à moi ?

Elle ne jette pas un regard vers Montag qui reçoit sa pensée et qui, comme toujours, la réconforte en glissant une douceur dans sa tête :

– Ne t'inquiète pas pour lui, il sait se débrouiller, il a même dû devenir un sacré gaillard, à vivre comme ça dehors, seul... Moi, je le sais, je le sens, il se rapproche de nous, il est en chemin...

Saccage Bam-Bam sourit. Elle a envie de croire aux prophéties de son amie car la vie est dure depuis qu'elles sont arrivées dans cet enfer. Elle a le sentiment d'être égarée dans un tourbillon qui l'empêche de penser. Sa longue chevelure de feu a perdu de son éclat, les mèches folles ne caressent plus les joues qui se sont creusées. L'usine est une mécanique qui danse sur un rythme fou, épuise la carcasse, lessive l'esprit. On ne compte plus ceux qui tombent, se blessent ou demeurent hébétés, laissant filer le tapis, oubliant de tirer une manette, d'ajuster une pièce avant de se faire frapper par les gardes. Ceux qui ne sont pas rompus par le travail sont brisés par les coups des hommes en noir.

Ceux-ci sont encore plus terrifiants que les hommes en gris. Leur visage est réduit aux yeux, ils portent une combinaison et une cagoule.

Ils ne prononcent jamais un mot. Quand un message important doit être communiqué aux captifs, ce sont les présentateurs, toujours souriants, toujours présents sur les écrans, qui s'en chargent. Les hommes en noir surveillent mais, surtout, punissent ceux qui ralentissent la cadence ou pire, s'endorment à leur poste.

Chacun essaie de résister comme il peut, mais c'est difficile, car l'espoir semble être resté à la surface de la terre...

La présence de Montag est un phare dans le brouillard que traversent les enfants. D'un regard, d'un sourire, elle réconforte, apaise. Elle tient miraculeusement à distance l'effroyable abattement qui guette les travailleurs asservis.

MONTAG !
BAMBAM
24 266
24 267

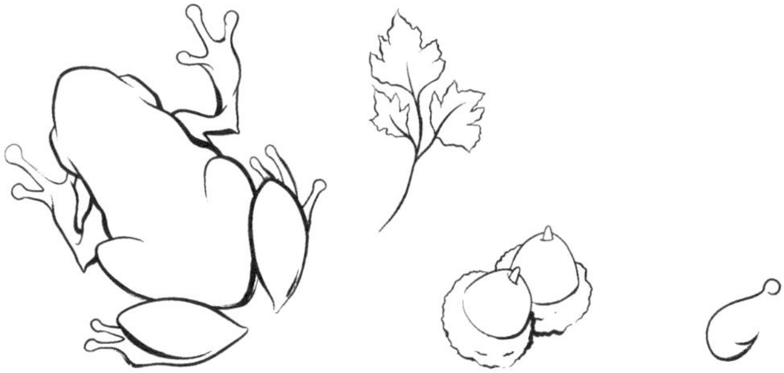

9. dans le désert de cendres

Mine-de-Rien ignore depuis combien de temps il vit dans la cabane du pêcheur. Il devine que les semaines, les mois, ont passé parce qu'il a grandi et que ses muscles se sont allongés, même s'il a beaucoup maigri.

Parfois, lorsqu'il chasse, il se sent observé par une présence invisible. Cette sensation le poursuit jusque dans son sommeil. Souvent il se réveille en sursaut, trempé, fouillant l'obscurité dans laquelle il croit deviner une lueur qui le fixe durement.

Durant son exil dans la forêt pétrifiée, il a découvert que la grenouille a un goût de vieux caoutchouc, que les anguilles doivent être bien mâchées, sinon, elles dansent longtemps dans le ventre. Les glands ont un goût de terre, mais les châtaignes, qui roulent sur les feuilles mortes, ressemblent à des bonbons tombés d'une poche. Il marche, chaque jour, dans les champs, au bord des rivières pour dénicher quelque chose à avaler. Il a appris à creuser le sol dur pour en extraire des racines, à casser l'épais manteau de glace qui fige les lacs pour attraper des poissons qui nagent au ralenti à cause du froid. Mais ces maigres butins, prélevés difficilement dans la campagne dévastée, ne suffisent pas à faire taire la faim qui gronde inlassablement dans son ventre. C'est pour cela que Mine-de-Rien s'approche de plus en plus souvent de hameaux abandonnés, de villages en ruines.

Avant de s'aventurer dans ces lieux, il scrute les alentours, tapi dans les cendres, à l'abri d'une souche ou d'un rocher. Il observe la terre gelée, image figée en surface mais agitée en ses profondeurs. Il devine, au loin, des colonnes de fumée, des monticules de braises qui témoignent d'intenses activités souterraines. Il se lance, fouille, en se faisant le plus discret possible, des maisons, des caves, dans l'espoir de trouver des boîtes de conserve ou un sac de riz. Ces explorations sont longues, souvent vaines et dangereuses, car des camions sillonnent le pays ; des convois d'enfants, parfois, des commandos d'hommes en gris s'arrêtent et inspectent les ruines, à la recherche de fuyards... Ils semblent dotés d'un sixième sens pour détecter la présence de ceux qui se terrent et survivent loin des cités. Leur démarche souple, les bâtons qu'ils agitent dans l'air et dont ils se servent pour pousser les portes de bâtisses éventrées, effraient l'enfant qui, sur la pointe des pieds, regagne sa tanière.

Là, loin de tout, il est en sécurité, mais il lui arrive d'être pris d'une grande colère, car sa sœur lui manque. Il sait que, s'il veut la retrouver, se reconnecter avec elle, il doit aller là où disparaissent les bus, comme s'ils étaient avalés et retenus prisonniers d'un ventre gigantesque...

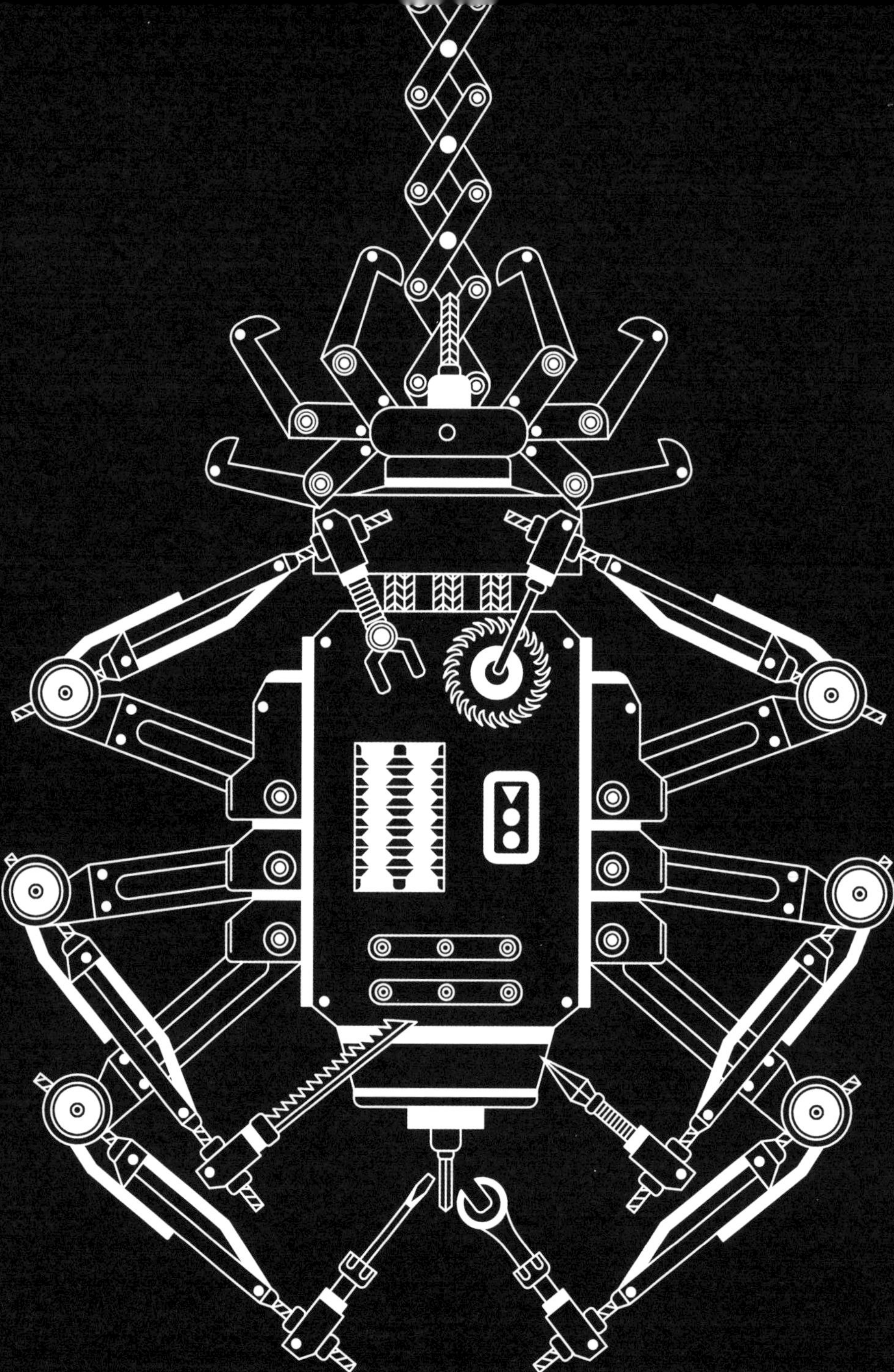

10. Saccage Bam-Bam et la machine

Dans la colossale usine souterraine, les postes de travail sont multiples, il ne se passe pas deux jours de suite sans que Saccage Bam-Bam n'en change. Leur point commun est qu'ils ne lui permettent jamais de comprendre à quoi servent les gestes qu'elle exécute.

Une fois, elle a été affectée à une table encombrée d'une pâte noire sur laquelle s'abattait une enclume géante. Celle-ci éclatait la matière en milliers de petites billes qui s'agitaient d'une vie propre. Elles rebondissaient, comme affolées, aux quatre coins de la table. Saccage-Bam-Bam disposait alors de quelques minutes pour les ranger dans des boîtes en carton qui pouvaient toutes contenir un nombre différent de pièces. Une fois les emballages refermés, elle actionnait un levier qui les posait sur une balance et les évacuait vers un tapis roulant. Si, par malheur, une caisse ne comportait pas le nombre exact de billes, une alarme retentissait, des hommes en noir surgissaient, corrigeaient brutalement les ouvrières maladroites puis arrêtaient la machine pour qu'elles examinent jusqu'aux plus petits rouages afin de retrouver la bille échappée. La journée de travail à ce poste avait été une véritable torture. Saccage Bam-Bam en était ressortie épuisée. La tête lui avait tourné jusqu'au lendemain matin.

Ailleurs, dans un autre atelier, situé dans les profondeurs de l'usine, elle avait dû faire face, des heures durant, à une étrange mécanique, composée d'une douzaine de bras fluides (des tentacules de taille et de diamètre divers) qui se terminaient par des pinces dans lesquelles elle fixait une série de tournevis, de scies et d'autres outils dont elle ignorait jusqu'aux noms. Une fois la structure équipée, elle pressait un bouton qui ouvrait une trappe au sol où le robot disparaissait dans un fracas épouvantable. Les portes se refermaient immédiatement, comme sur un secret, après l'atelier se mettait à trembler, au point qu'elle avait les pieds qui dansaient tout seuls. On entendait monter, des entrailles de la terre, des cris étouffés, des chuintements liquides ; la machine semblait livrer une bataille sans merci dans les ténèbres. Au bout d'un moment, l'engin remontait, maculé d'une étonnante matière gélatineuse. Il fallait alors tout nettoyer, réarmer les tentacules avec de nouveaux outils, et c'était reparti. Hypnotisée par cette valse sans but, Saccage Bam-Bam avait perdu le sens du temps, elle avait l'impression d'être le treizième bras de la machine. Le soir, quand elle remontait vers son dortoir, son corps tout entier était endolori. Elle peinait à s'endormir tant ses muscles lui faisaient mal. Ses nuits étaient agitées, traversées de cris étouffés, de rages silencieuses.

Un jour, on l'a affectée, avec Montag, derrière des portes battantes qui s'ouvraient brusquement, sans aucune régularité, pour laisser passer une nuée de minuscules chauves-souris affolées.

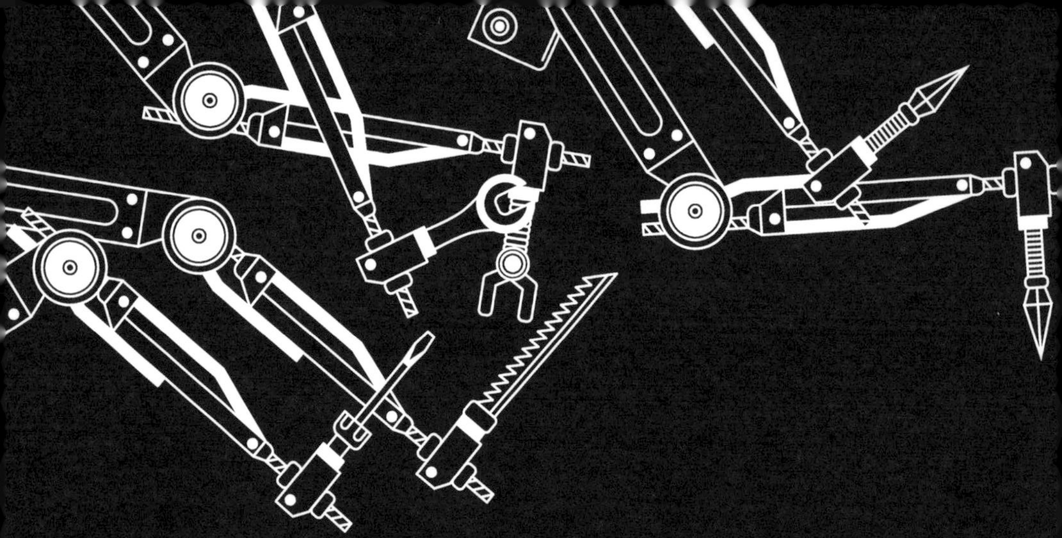

Les deux filles, armées d'un filet à papillon, devaient essayer de capturer le plus grand nombre de volatiles pour les transférer ensuite dans une chambre aveugle où d'autres mains s'en saisissaient pour les faire disparaître. Les gestes qu'elles inventaient pour piéger les animaux les laissaient hagardes, exténuées.

Ainsi, au fil du temps, les enfants qui travaillent dans l'usine souterraine s'abrutissent. Ils n'attendent plus qu'une chose : s'écrouler dans leur lit. Parfois, ils trouvent difficilement le sommeil. Il y a les écrans qui les scrutent en permanence, à cela s'ajoute la sensation que quelque chose de plus profond palpite dans les entrailles de la cité

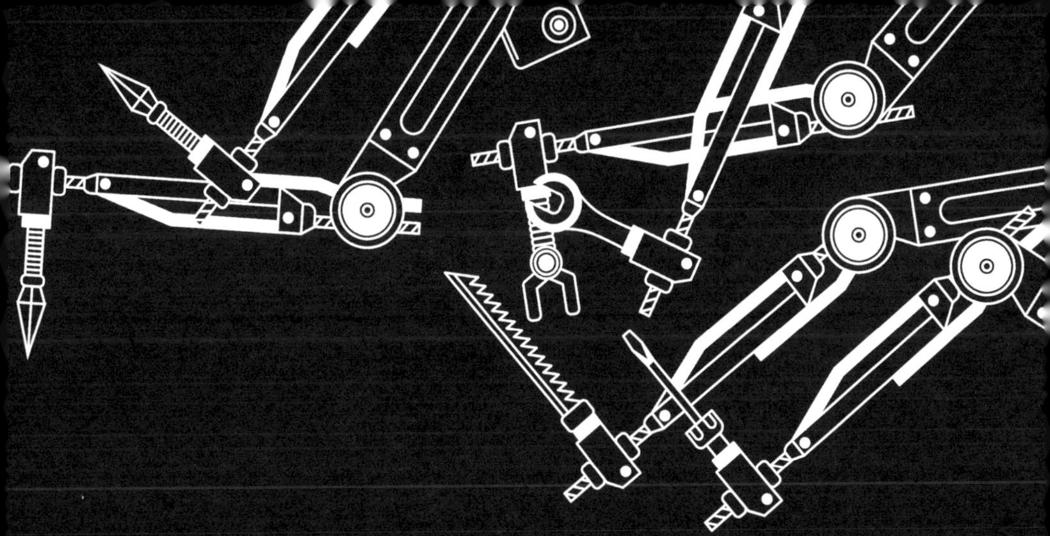

et les empêche de fermer les yeux. Les discussions de Saccage Bam-Bam et de Montag sont de moins en moins longues, de plus en plus tristes. Et leurs nuits, lourdes, brisées, ne sont plus infiltrées par aucun rêve.

L'énergie réconfortante que Montag diffuse habituellement à ses camarades palpite de moins en moins fort, alors que les écrans qui encadrent le dortoir étincellent dans le noir. Ces immenses phares sont des yeux qui ne se ferment jamais.

11. face-à-face

Mine-de-Rien a remarqué qu'il n'y a pas que des corbeaux affamés qui tournent dans le ciel. Il observe souvent des volatiles qui planent et semblent scruter les champs, les bois, dans un vrombissement désagréable. Dès qu'il entend ce son, il reste à couvert en attendant que ces oiseaux de mauvais augure disparaissent puis il reprend sa route.

Un jour, sa recherche désespérée de nourriture mène Mine-de-Rien très loin de la cabane. Il fouille minutieusement les maisons d'un hameau perdu au milieu de champs où, comme partout ailleurs, ne poussent que des cailloux aux arêtes tranchantes.

Épuisé et affamé, il explore les caves, les greniers des bâtisses qui tiennent encore debout mais il ne trouve rien, pas la moindre conserve, pas le plus petit bocal de fruits flottant dans leur jus. Il s'apprête à quitter les lieux en titubant quand il entend grogner derrière lui. Il ne se retourne pas. Il serre la longue barre de fer qu'il emporte toujours lorsqu'il s'aventure dans la campagne. Il a très souvent passé la pointe de cette lance dans le feu de la cheminée pour la maintenir effilée et solide.

Il fait doucement glisser à ses pieds le sac à dos qui le gêne ; et il pivote avec lenteur, tandis que les grognements montent en puissance.

L'animal qui émet ces sons est un loup.

Mine-de-Rien sent son cœur battre jusque dans ses oreilles.

Il repense un instant aux bêtes qu'il avait aperçues lors du voyage en bus qui les emmenait, lui et Saccage Bam-Bam, loin de leurs parents. Il avait alors, à travers la vitre, entre deux troncs, cru voir

briller des yeux au milieu d'une masse de poils hirsutes. Et une gueule, immense, hérissée de crocs acérés qui s'était refermée sur la campagne désolée, l'engloutissant tout entière.

Le monstre qui lui fait face est bien plus effrayant que ceux qui hantent ses souvenirs. C'est un loup gigantesque qui le fixe de ses yeux de braise où danse un éclat de folie meurtrière. Ses poils luisent, rassemblés en piques semblables à des pointes de flèches tournées vers l'enfant. Mais le chasseur, malgré sa maigreur squelettique, ne tremble pas. Il prend position, un pied en avant et tient fermement son arme, la lame dressée vers la bête.

Le loup est immobile, il gronde, ses flancs décharnés soulignent cruellement qu'il meurt de faim lui aussi, qu'il est prêt à jouer sa vie, là, au milieu d'une grange délabrée. Il fixe sa proie, et tous deux comprennent qu'une seule créature sortira de ces ruines.

Ils s'observent. On peut entendre leurs souffles se mêler, monter dans l'air glacé. La neige commence à tomber, des flocons délicats accrochent les cils de l'enfant et les oreilles du loup.

Gueule ouverte, ce dernier se jette sur son adversaire qui l'esquive, roule au sol et balaie l'air de sa longue lame. La queue du loup est tranchée net, mais cela ne l'empêche pas de faire claquer ses mâchoires d'acier sur le mollet de Mine-de-Rien, là où la chair est tendre. Réflexe de survie, le pied libre martèle la gueule affamée qui ne lâche sa prise que lorsque la lance s'abat sur son crâne avec un bruit sourd. L'animal opère une brusque volte-face, le petit humain roule sur lui-même, tient les mains serrées sur le manche de son arme, mais la bête est déjà sur lui, cherchant à déchirer sa gorge...

Mine-de-Rien pousse un hurlement désespéré, il voit les oreilles du loup se dresser ; la gueule béante, rouge de son sang, est très proche. La bave écumante coule sur ses joues, et les canines cassées mais tranchantes tentent, encore et encore, de s'enfoncer dans son cou. Avec l'énergie du désespoir, Mine-de-Rien pousse sur ses épaules et glisse

au sol. Les pattes décharnées mais puissantes du monstre s'efforcent de le maintenir sur le dos. Elles le griffent, l'aveuglent. La lutte est inégale mais acharnée, l'enfant tente toujours de s'échapper à reculons, la bête le pousse de son museau... Les combattants, dans une mêlée de pattes et de bras, arrivent au bord d'une fosse dans laquelle ils tombent ; le garçon en premier, lourdement, sur un tapis de branches mortes ; instinctivement, il dresse sa lance sur laquelle l'animal vient s'empaler.

Surpris par la douleur, le loup se tortille pour se dégager mais ne fait qu'enfoncer un peu plus profondément la lame dans sa poitrine. À mesure qu'il glisse vers les mains serrées de Mine-de-Rien, la vie le quitte et, quand sa gueule s'apprête à toucher le visage du jeune garçon, il rend son dernier soupir. La braise de ses yeux répand encore de méchants petits éclats de colère et puis, brusquement, c'est la nuit.

Mine-de-Rien a du mal à respirer, le corps du loup pèse sur lui et l'étouffe. Seule la lune est témoin des efforts qu'il fait pour s'extirper de sous le cadavre.

Une fois debout, il lui faut un temps pour cesser de tituber ; c'est alors que les douleurs qui traversent tout son être se font sentir : il a le visage déchiré, les mains blessées, et il lui manque un bout de mollet. Dans sa bouche, le goût du sang. Le sien, chaud, mêlé à celui, âcre et froid, du loup. Il crache, lève les yeux et les bras au ciel, pousse un long cri qui vient du plus profond de ses entrailles. Il est en vie, il a triomphé, plus rien ne pourra l'arrêter.

Il part à la recherche de sa sœur.

Alors qu'il s'éloigne, un tourbillon, humide et trouble, se dessine dans les nuages. Cette sphère semble l'observer et l'attirer vers elle.

Mine-de-Rien et l'étrange apparition disparaissent dans la neige, là où la ligne d'horizon mélange en une matière grise informe le ciel et la terre.

Image absente d'un cyclone à venir.

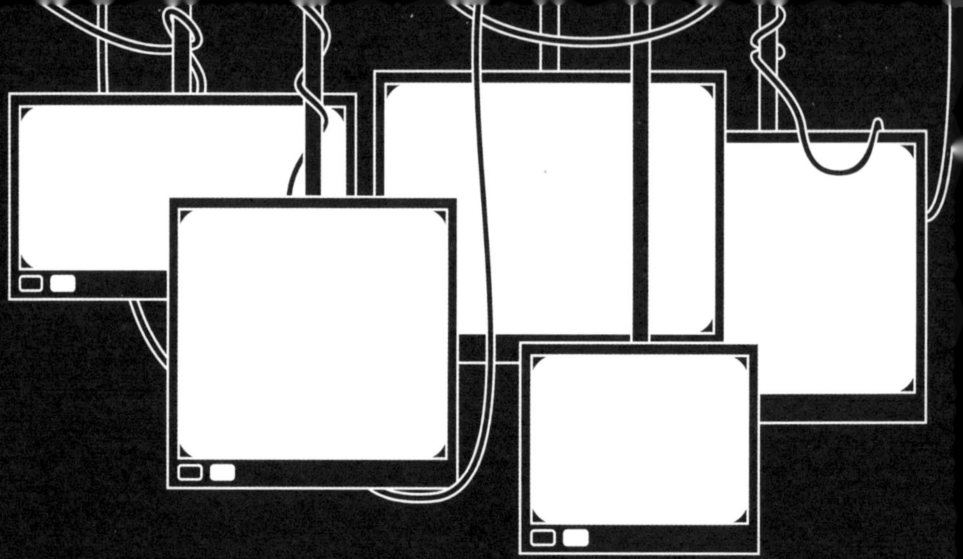

12. des nouvelles de la surface

L'homme et la femme des écrans sont toujours présents mais, sous terre, ils ne donnent plus de leçons. Ils précisent les objectifs de production des machines auxquels les enfants ne comprennent rien, ils rappellent sans cesse les règles de sécurité.

Et puis, un jour, ils recommencent à donner des nouvelles de la surface. Ils montrent des images où l'on voit des villes neuves surgir de la terre dévastée. On explique aux ouvriers rachitiques que tout cela est accompli grâce à leurs efforts et qu'il faut continuer à bien travailler pour redresser complètement le pays. Qu'ils retrouveront leurs parents, le bleu du ciel, quand tout sera bien en place, quand l'ordre sera rétabli sur tout le territoire.

Saccage Bam-Bam, Montag et leurs amis trouvent que les deux présentateurs ont les traits un peu plus tirés qu'avant et leur beau sourire semble crispé. Eux aussi ont le regard qui se perd parfois, comme s'ils avaient des moments de flottement, d'absence.

De plus en plus souvent, les écrans diffusent des images de cellules cachées dans les entrailles de la terre où les régiments en gris emprisonnent les fuyards, les évadés, les enfants qui tentent de passer les frontières ou restent cachés dans les ruines. Le peuple d'en bas, les minuscules forçats, découvrent avec effroi qu'il existe des lieux encore plus hostiles que celui où ils triment jusqu'à l'épuisement. Ces unités, leur explique-t-on, permettent de soigner les esprits et de réassigner chacun à un poste afin qu'il participe à la grande reconstruction. Les images font défiler des silhouettes squelettiques encadrées par de sévères gardiens. L'écran présente quelquefois des visages livides, hirsutes, de jeunes sauvages. À chacune de ces apparitions, le cœur de Saccage Bam-Bam fait des bonds, car elle espère autant qu'elle redoute de découvrir son frère au milieu de cette foule de captifs. Elle est toujours convaincue qu'il est bien vivant, mais elle se demande maintenant à quoi il peut bien ressembler et si elle arriverait à le reconnaître...

Les hommes en noir, trop occupés à maintenir les cadences de production ne s'aperçoivent pas que la tristesse des images diffusées, étrangement, fait souffler sur les ateliers un vent de révolte qui, comme un courant électrique, traverse tous les corps. Les esclaves des sous-sols commencent à saboter leur travail, des outils sont oubliés sur les tapis roulants et endommagent des circuits de transmission, mettant à l'arrêt d'énormes mécaniques. Les pièces ne sont pas livrées à temps, ce qui retarde la fabrication d'autres pièces, plus importantes.

L'usine se désorganise petit à petit, et les enfants prennent conscience, en silence, qu'ils pourraient faire dérailler l'immense machine souterraine.

Et Saccage Bam-Bam se prend à rêver de nouveau...

13. c'est arrivé la nuit

Mine-de-Rien reste couché plusieurs semaines après son combat contre le loup. Une méchante fièvre le cloue au lit, à grelotter sous sa couverture. Il ne fait plus la différence entre la nuit et le jour, sous son front brûlant, il revit l'affrontement. Il sent les griffes lacérer son visage. Il entend claquer la mâchoire de la bête qui se referme sur la désolation de l'hiver, comme si elle voulait l'avaler tout entier.

Un jour, il peut enfin se lever et tituber jusqu'au lac. La glace a fondu, il est surpris de découvrir une surface noire sur laquelle le vent ne parvient pas à imprimer la plus petite ride. Il se dévêt difficilement puis glisse lentement dans l'eau pour laver ses blessures. Celle qui l'inquiète se trouve sur son mollet ; il la nettoie méticuleusement et enroule le bas de sa jambe dans un lambeau de drap.

Il se nourrit de racines, de champignons et de larves. Ce n'est pas un festin, mais il dévore tout ce que la terre qui commence à se défaire de sa carapace de glace peut lui offrir ; il sait qu'il doit retrouver toutes ses forces pour se rétablir et rejoindre Saccage Bam-Bam.

Une nuit, alors qu'il dort d'un sommeil sans rêve, quelque chose craque, ce n'est pas la glace des lacs, puisqu'elle a fondu, c'est une déchirure plus profonde. Quand il se réveille, une transformation a eu lieu : les mots qui jusqu'à présent lui faisaient défaut se sont réveillés en lui et forment une puissante ronde. Cela tourbillonne, des portes closes depuis sa naissance cèdent devant ce flot où la curiosité le dispute à la stupeur.

Il est devenu voyant

Formule

Il n'a rien souhaité, rien décidé : les mots ne l'intéressent pas, lui qui ne parle pas... Inquiet, il se découvre capable de traduire les visions qui le traversent et s'imposent à lui.

14. une vérité, une énigme

Mine-de-Rien est maintenant un voyant : il est la proie des mots. Il s'en libère au terme de combats intérieurs dont la violence est bien plus dévastatrice que celle qui s'exerce lorsqu'il affronte les bêtes sauvages.

Au début, cette voyance le dérange, c'est comme si un compagnon indélicat était venu s'installer dans la cabane sans son consentement. Lui qui vit dans le silence, qui a appris à se débrouiller seul dans les bois et qui sait se déplacer en faisant moins de bruit qu'une feuille qui tombe, le voilà assailli d'images, frappé par le fracas de mots qu'il n'a pas convoqués, traversé par des visions bruyantes qui l'effraient.

Celles-ci le terrorisent plus que les loups, plus que la solitude, plus que les cauchemars qu'il fait certaines nuits... Mine-de-Rien se sent traversé par des formules auxquelles il ne comprend rien. Ce qui le surprend, c'est que ces crises se produisent sans signes annonciateurs : tout est fulgurant et ressemble à une bourrasque, un ouragan.

Quand il retrouve ses esprits et que le calme se fait de nouveau sous son crâne, avec un embarras qui diminue au fil des jours, il découvre, au choix :

Une formule
Une suite de mots
Une vérité
Une question
Une énigme
Une image

Cela flotte en lui, danse devant ses yeux, et le poursuit jusque dans ses rêves, l'obsédant des jours durant. Au bout d'un moment, l'enfant errant comprend qu'il doit s'occuper de ces étranges et encombrants visiteurs. C'est là qu'il commence à griffonner, à graver, peindre, ces formules. En les forçant à le quitter, en les déposant dans les endroits déserts ou abandonnés qu'il parcourt, il dessine, sans le savoir, la grande carte de son odyssée.

Mine-de-Rien avait l'habitude de laisser des marques, des signes, des traces, sur les troncs d'arbres, les murs des maisons, pour retrouver son chemin. Il devine qu'il abandonnera maintenant des messages sur les troncs, les murs, pour ouvrir des chemins.

Les mois passent et les mots qui lui surgissent, les formules qui le cinglent deviennent d'étonnantes propositions qu'il trace du bout de ses doigts nerveux sans savoir qui les lira.

Au fond de lui, des barrages ne cessent de céder, de grandes respirations le grandissent, et il devine que ces bribes de pensées, ces phrases incomplètes mais riches de sens nouveaux l'accompagnent et le portent dans ses courses solitaires. Et il a l'intuition que ceux qui les prononceront, s'en trouveront à leur tour transformés. Les mots sont des virus qui transmettent de l'énergie et ouvrent des pistes pour vivre plus intensément.

Un soir, alors que les ombres s'allongent comme des bras fatigués, il arrive devant un immense carrefour où se croisent de larges routes au bitume défoncé. Des panneaux, pliés, tordus, couchés et même arrachés, ressemblent à des boussoles affolées indiquant tout et son contraire. Mine-de-Rien ouvre un pot de peinture rouge et, traçant une ou deux grosses lettres sur chacun des panneaux, il écrit, un sourire éclairant son visage :

LAVIE

EST
EURS

15. les meutes

Mine-de-Rien a retrouvé la souplesse, l'agilité et l'instinct du chasseur. Il a repris ses longues marches et, de jour en jour, il s'approche de la ville. Il regarde la terre qui, en différents endroits, dévoile des passages d'où surgissent des camions qui disparaissent dans des nuages de cendres. Ailleurs, ce sont des tunnels qui vomissent des escouades d'hommes en gris qui se dispersent comme des ombres dans la campagne dévastée.

Il en est sûr, Saccage Bam-Bam est retenue prisonnière dans cet immense complexe qui semble agité jour et nuit.

Il procède à de longs repérages, note les heures où les hautes portes s'ouvrent pour laisser entrer les légions d'ouvriers, les moments où les gardes s'assoupissent, la régularité à laquelle circulent les patrouilles. Sans y être jamais entré, il connaît bien la ville maintenant.

Un jour, en fin d'après-midi, alors qu'il est en observation au bord d'une falaise, il entend des branches craquer derrière lui, à la lisière d'une forêt. Il se tapit plus profondément, tous les sens en alerte. Ce qui avance vers lui est massif, car la terre semble ployer sous des pas prodigieusement puissants. Une odeur chaude, enveloppante et douce, flotte dans l'air.

Les yeux fermés, le chasseur solitaire hume ce parfum inconnu, il pousse doucement les mains vers l'acier de la lance qui est couchée devant lui. Lorsque les poings se referment solidement sur le manche, il se retourne très lentement, bien décidé à affronter la créature qui l'approche.

Prêt à se battre.

Prêt à faire couler le sang.

Ses yeux sont alors frappés par une fantastique vision. À l'orée de la forêt, dans les rayons rosés du soleil couchant, se tient un cerf d'une taille extraordinaire. Ses bois, sombres et pointus comme la lance de Mine-de-Rien, ressemblent à une gigantesque chauve-souris déployant ses ailes majestueuses.

La bête se tient immobile, ses naseaux frémissent. Le garçon est hypnotisé. Les yeux qui le fixent sont de larges soucoupes ourlées d'un velours brun. Il y a dans ce regard toute la tristesse des campagnes dévastées, toute la solitude de son errance, et cela se mêle à une infinie douceur qui lui rappelle douloureusement sa sœur.

Son cœur se froisse.

Et ses yeux dansent dans un tourbillon d'eau salée.

Les mains de Mine-de-Rien lâchent la lance. La faim qui déchire inlassablement ses entrailles

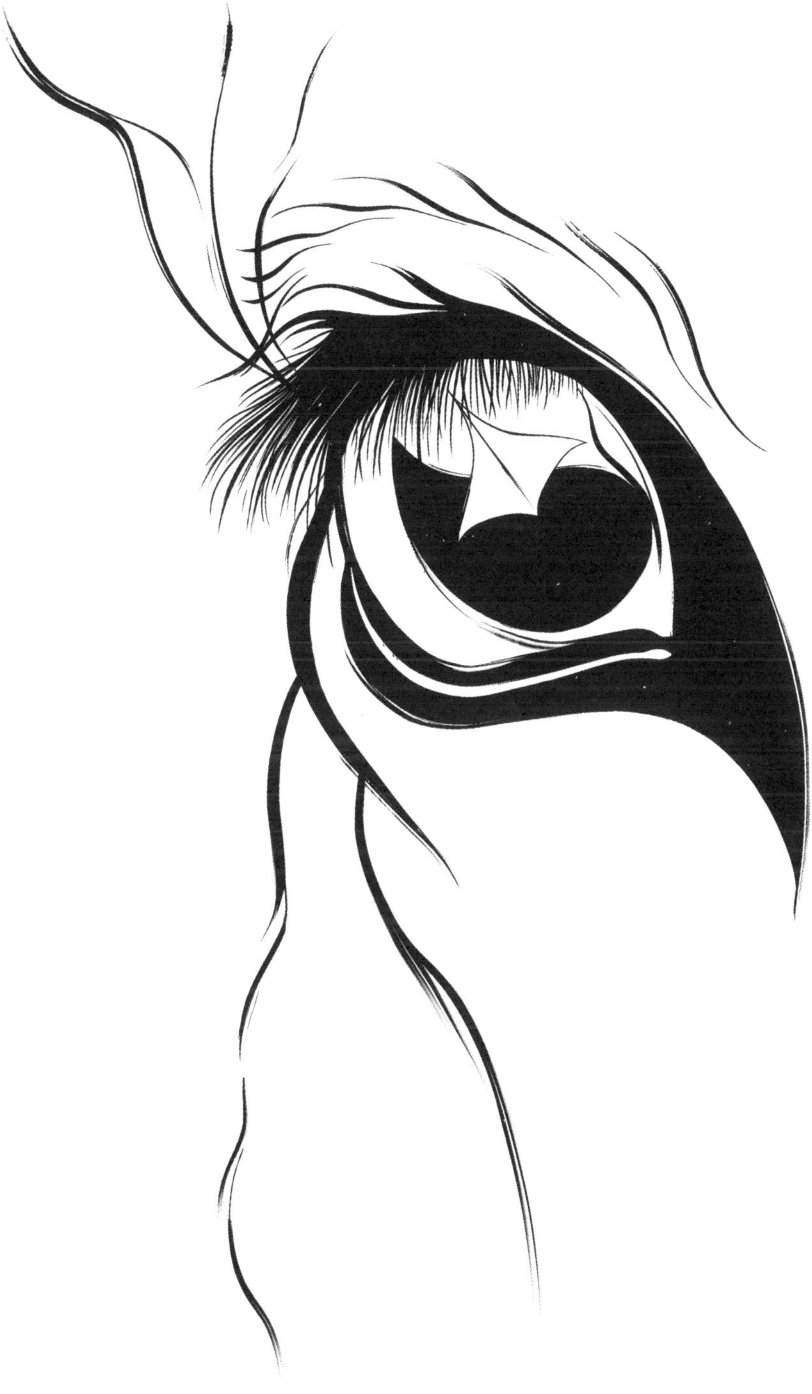

depuis qu'il a été séparé de Saccage Bam-Bam est balayée par cette apparition. La tête lui tourne comme si la terre penchait. La nature, pétrifiée dans ses cendres grises, semble renaître, là, devant lui.

L'image se fige.

Et puis, un claquement sec suivi d'un sifflement. D'immenses filets lestés de poids en plomb s'abattent sur l'animal et le garçon.

Du bois mort craque à nouveau ; cette fois, les pas sont plus nombreux, plus souples aussi.

Des hommes en gris sortent de leur cachette : troncs d'arbres creux, trous dans le sol, rochers… ils ont su utiliser chacune des ressources des lieux, et ni le cerf ni Mine-de-Rien n'ont détecté leur présence.

L'escouade souille le pelage majestueux en posant une foule de bottes sur lui afin de faire cesser les soubresauts qui l'agitent. Quand la gigantesque bête est finalement maîtrisée, elle pousse un brame qui déchire l'espace à des kilomètres à la ronde. Le ciel semble s'ouvrir pour manifester sa colère. Les soldats, un instant surpris, resserrent leur étau, leur chef, s'appuyant sur les bois cassés, fait luire une longue lame qu'il enfonce lentement dans le cou de la bête.

Des flots poisseux jaillissent, le regard doux et triste se voile avant de s'éteindre définitivement.

Le garçon solitaire qui a su, durant de longs mois, échapper à cette unité qui traque les fuyards, est aujourd'hui victime de sa rencontre avec l'animal. Le prince des forêts a ravi tous ses sens, l'a transformé en proie. Il a beau comprendre que ses contorsions resserrent les mailles qui lui scient les muscles, compressent sa poitrine, il lance un cri perçant. Colère et impuissance. Une main gantée se pose sur lui. Il la mord à travers le filet et il sent les os craquer dans sa bouche.

Un bâton s'abat sur son crâne.

Noir.

Le sang coule sur le visage évanoui. Une fois libéré des liens qui l’entravent, son corps ressemble à une grande poupée de chiffon. Les hommes en gris le tirent sans ménagement par les pieds. Sa tête rebondit sur les pierres et laisse derrière elle une longue et étincelante traînée rouge.

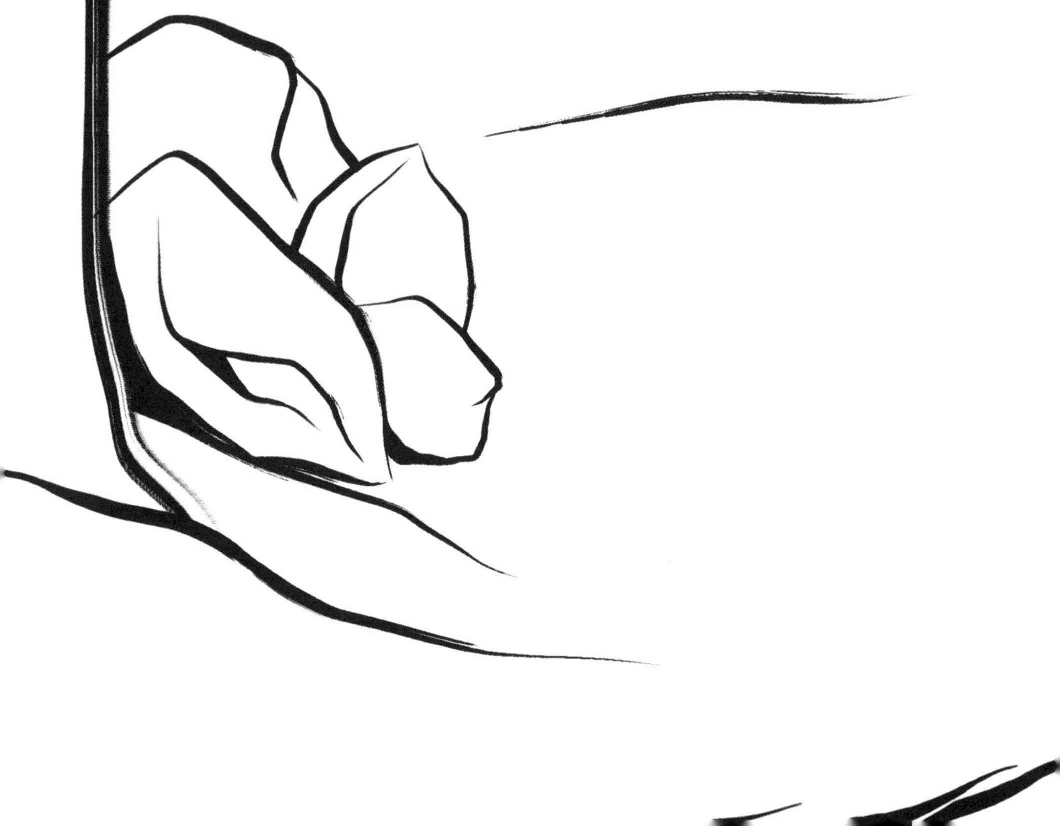

16. Mine-de-Rien, mon frère

Saccage Bam-Bam et Montag ont été affectées à un poste qui dépasse en étrangeté tous ceux qu'elles ont connus depuis leur arrivée à l'usine. Dans cette unité de production qui se déploie dans un interminable couloir, elles sont debout, face à face, séparées par un étroit tapis sur lequel défilent de minuscules lucioles. Au-dessus de leurs têtes, un autre tapis achemine de petites machines en forme de chauves-souris. Les étranges appareils tombent la tête la première devant les mains des deux ouvrières qui ont pour mission de fixer une luciole sur la pointe des ailes.

Elles installent ainsi un système d'éclairage sur des engins aveugles et pourtant capables de voler à des vitesses stupéfiantes tout en évitant les obstacles. Ces minuscules robots effraient un peu Saccage Bam-Bam, car si leur squelette est composé d'un métal souple et froid, le corps lui-même semble être celui de chauves-souris vivantes. Montag affiche un sourire rassurant tout en manipulant les créatures avec douceur et précision. Les filles finissent par s'amuser de l'absurdité de la tâche qui leur est confiée...

Le soir, lorsqu'elles regagnent les lits 24 266 et 24 267, entre deux hommes en noir, leurs mains luisent dans l'obscurité. On dirait des ombres de fantômes flottant dans les souterrains. Elles font de grands gestes avec leurs bras maigres, de loin, on croirait apercevoir des braises ou bien deviner le vol d'oiseaux de feu prêts à enflammer la nuit. Sur le chemin des dortoirs, les longues mèches rousses de Saccage Bam-Bam retrouvent leur éclat...

Les deux amies se regardent et sourient maintenant qu'elles sont couchées sur le dos, les mains derrière la tête. Leur oreiller s'illumine, tout comme leurs cheveux, ce qui les fait pouffer de rire. Soudain, le visage de Saccage Bam-Bam se fige : sur l'écran où conversent l'homme et la femme, apparaît Mine-de-Rien. Il a bien changé, mais elle le reconnaît en une fraction de seconde. Elle retrouve son frère dans le regard perdu de ce gaillard encadré par deux solides hommes en gris. La caméra cadre son visage en gros plan. Il se tient légèrement baissé, les yeux tournés vers le sol. On entend la voix de la femme expliquer que ce garçon errant, capturé par une patrouille alors qu'il espionnait les abords de la ville, va être « reconditionné » malgré l'état de sauvagerie auquel il est « retourné ». Le présentateur acquiesce et sourit de ses belles et longues dents blanches. Il s'apprête à poser sa main sur la tignasse broussailleuse du prisonnier pour l'ébouriffer comme on le fait pour récompenser un petit animal docile. Sa main est happée. L'image se brouille mais on entend un cri de douleur résonner. Comme une immense paupière qui se ferme, l'écran devient noir.

À l'instant où l'image disparaît, Saccage Bam-Bam reçoit comme une petite décharge électrique : c'est un signal de son frère. Elle ne parvient pas à déchiffrer la phrase qui arrive jusqu'à elle, mais elle sourit doucement : la connexion entre elle et Mine-de-Rien est rétablie, ce qui veut dire qu'il est tout proche...

Dans la nuit d'encre du dortoir, les voisines de lit ne se concertent pas. Elles savent qu'elles doivent partir à la recherche de l'endroit où les fuyards capturés sont emmenés pour être « reconditionnés ».

17. chauves-souris et lucioles

Les filles trouvent difficilement le sommeil car elles savent qu'elles vont être privées de rêve... Saccage Bam-Bam et Montag en font l'expérience dans les lits 24 266 et 24 267. Depuis qu'elles dorment ici, les nuits, courtes, sont toutes sans songe. Parfois, elles sont réveillées par des bruits qu'elles peinent à identifier. Cela vient des conduits d'aération où elles croient entendre l'écho de courses ou percevoir d'étranges cris étouffés qui les effraient. Elles se lèvent la tête vide, épuisées, ne pensent à rien, et c'est la capacité de Montag à entrer dans l'esprit des gens qui maintient une complicité, un échange entre elles. Leurs compagnons de misère sont hagards, au fil des jours passés attachés à leur chaîne de production, ils se sont emmurés dans le silence, sous l'œil inquisiteur des écrans qui ne s'éteignent plus jamais maintenant.

À leur arrivée, les hommes en noir avaient du mal à les faire se coucher, les immenses dortoirs étaient bruyants, des rires fusaient tard, longtemps après la disparition des deux présentateurs. Les enfants chuchotaient, jouaient à des jeux qui leur donnaient l'impression d'exister encore un peu.

Aujourd'hui, c'est un champ de désolation semblable à ceux dans lesquels Mine-de-Rien a erré tout le temps de la séparation. Et ce temps, Saccage Bam-Bam est incapable de l'évaluer... S'agit-il de mois ? d'années ? Le garçon qu'elle a aperçu, comme incrusté sur la pupille de l'écran, est bien son frère, mais elle l'a trouvé changé, grandi, bien sûr, mais habité d'une force sauvage qui l'étonne et l'effraie parce qu'elle la devine indomptable. Elle se perd dans ses réflexions quand Montag surgit sans crier gare, perchée sur le bord du lit 24 266 :

– Regarde ce que j'ai rapporté de l'atelier... On va bien s'amuser...

Elle écarte les pans de sa chemise de nuit, contre sa frêle poitrine, Saccage Bam-Bam découvre deux rangées de chauves-souris robotisées, maintenues à l'aide d'une bandelette. Avec une dextérité qui n'appartient qu'à elle, Montag défait les liens qui retiennent les minuscules volatiles mécanisés. Délicatement, elle les libère, et, un à un, les lâche au-dessus de sa tête. Lorsqu'ils se déploient, dans un léger vrombissement, ils laissent découvrir la pointe lumineuse de leurs ailes ; c'est un ballet féerique qui se dessine dans le ciel charbonneux du dortoir... Les enfants se réveillent et s'émerveillent devant les longues lignes que tracent ces pilotes aveugles ; les trajectoires se croisent, se complètent, dessinent des arabesques vertigineuses, et on entend des soupirs admiratifs monter des lits. C'est une farandole suspendue qui s'accélère brusquement. Par moments, les points lumineux s'assemblent pour une ronde qui éclate et propulse, par deux, de petites braises qui embrasent la nuit. Saccage Bam-Bam en reste bouche bée.

– Elles travaillent pour nous... je les ai programmées pour explorer les conduits, souffle Montag.

Pour la première fois depuis longtemps, son amie sourit ; elle lui saisit la main et la serre doucement, reconnaissante des risques qu'elle prend pour elles, pour tout le peuple des forçats enchaînés.

Et, en un instant, les points lumineux s'évanouissent, comme engloutis par les ténèbres. Seules deux chauves-souris reviennent vers Montag. Elle se posent, bien droites, sur les barres de métal, au pied du lit 24 267. Quand leurs ailes se replient et font disparaître les lueurs qui les terminent, leur

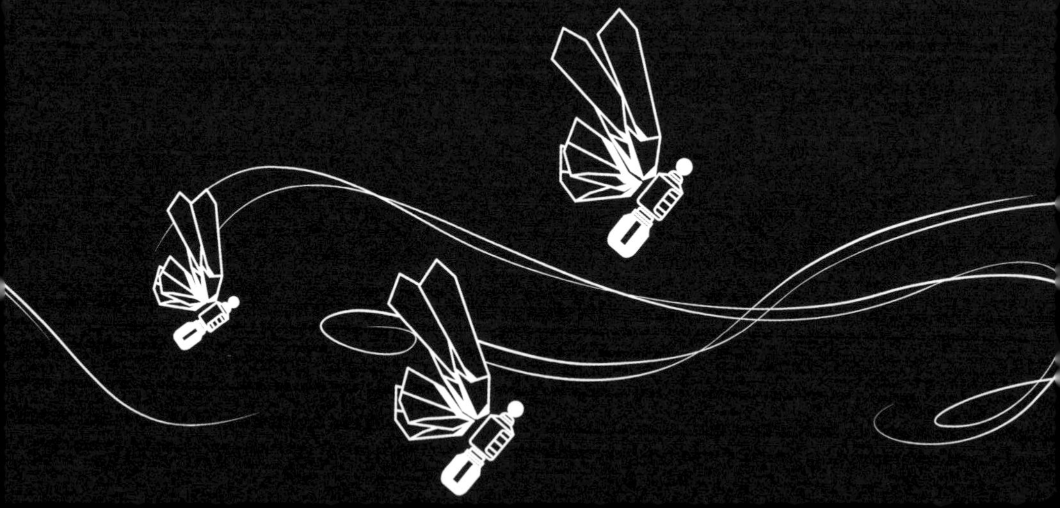

moteur cesse de ronronner, la jeune fille les saisit délicatement, avant de les ranger dans une boîte en carton qu'elle glisse sous son lit.

– Tu vois, j'en étais sûre, il y a une sortie que l'on ne connaît pas... Demain, on suivra leur vol de plus près...

– Et dès que l'on repère le chemin, on localise d'où vient le signal envoyé par Mine-de-Rien, et on s'échappe d'ici... chuchote Saccage Bam-Bam.

Le silence retombe dans les tombes que sont ces rectangles métalliques où dorment les ouvriers... Cette nuit-là les enfants recommencent à rêver...

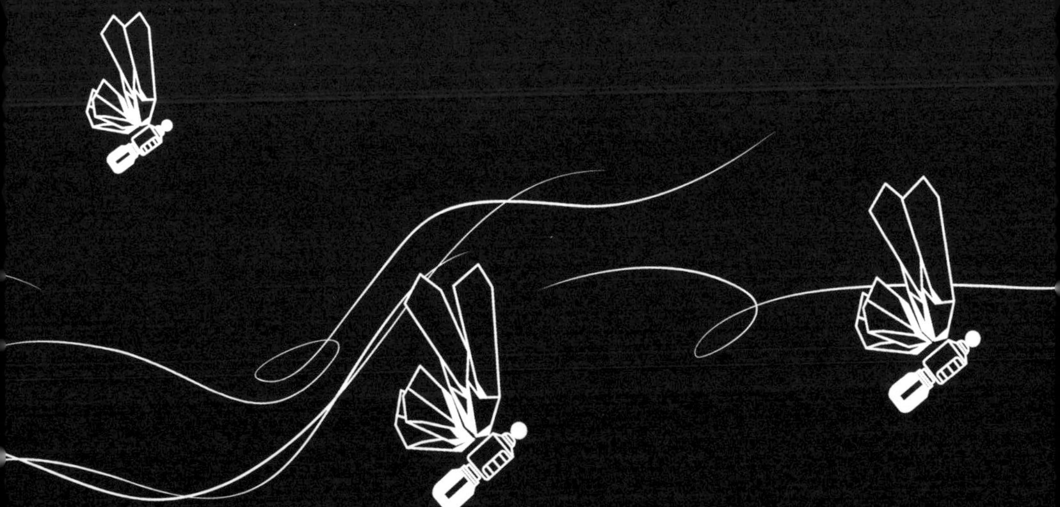

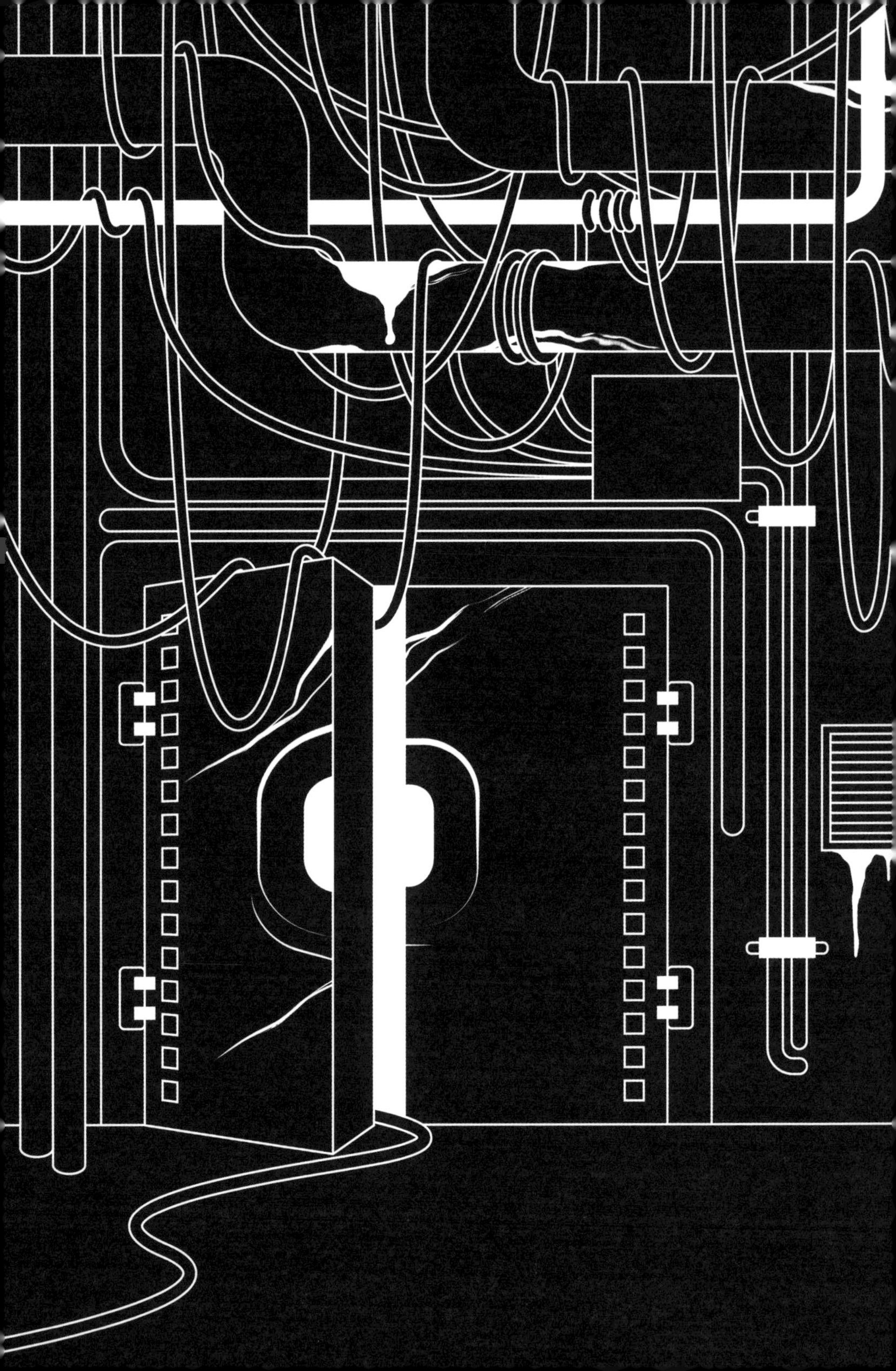

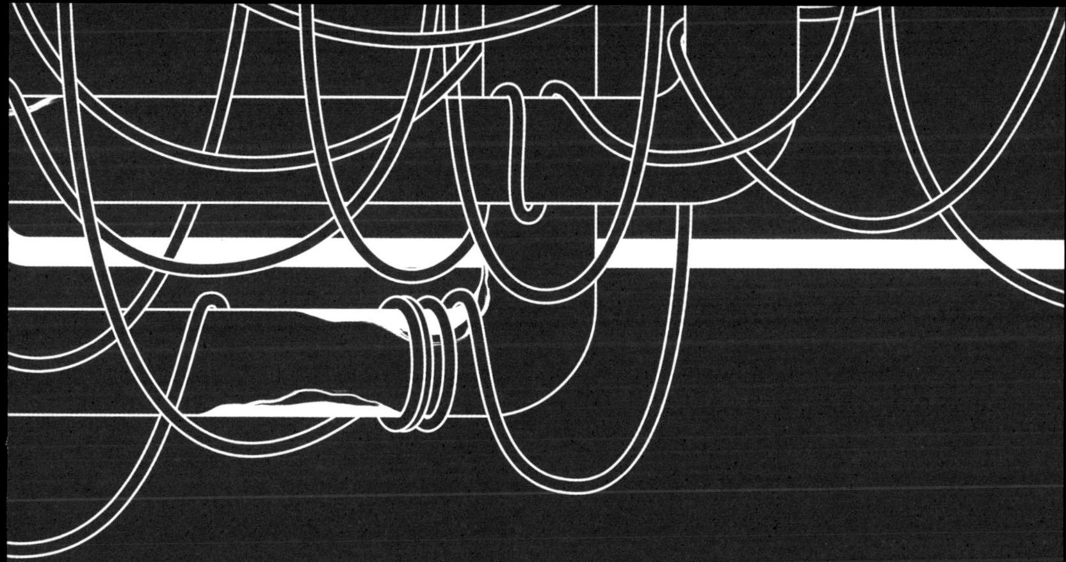

18. Mine-de-Rien et l'attrape-rêve

Les tuyaux sont fixés sur son dos, les côtes, les cuisses, les bras et le torse. Son corps tout entier flotte dans une cage en verre remplie d'un liquide épais qui est légèrement phosphorescent. Un appareil est posé sur le visage de Mine-de-Rien et lui permet de respirer. Il est inconscient, paupières closes, barrées par des bandes d'adhésif noir qui dessinent deux croix sur ses yeux.

Les tubes transportent des fluides depuis les corps en apesanteur jusqu'à des réservoirs qui sont eux-mêmes reliés à de plus gros mécanismes plongeant mystérieusement dans le sol.

Ces épais conduits, lorsqu'ils disparaissent dans les entrailles de la terre, charrient une matière gélatineuse. Par un procédé qui s'active en permanence, l'énergie, les pensées, les rêves sont drainés hors des corps des prisonniers comme s'il s'agissait de maladies.

Les cages sont alignées dans une semi-obscurité qui rend le lieu profondément énigmatique. Des reflets verts tombent des cages sur le sol taché de flaques visqueuses, et les corps qui flottent font penser à une armée de pieuvres géantes. Le système de canalisation dessine des courbes qui se déploient dans tous les sens et font paraître les captifs immenses, d'une élégance surgie des abysses. Dans les couloirs qui abritent des centaines de cages, on entend juste la pulsation des respirateurs envoyant vers la surface de larges bulles qui éclatent doucement.

Dans sa nuit artificielle, la respiration mécanique de Mine-de-Rien est perturbée. Son organisme est assailli par une onde venue des profondeurs qui l'atteint de plein fouet. Dans la substance verte, sa suspension se transforme en noyade. Cela ne dure que le temps d'un éclair mais le phénomène se reproduit, comme si le garçon devenait l'objet d'un message qui ne parvenait pas à être délivré.

D'immenses conduits courent dans la nuit des plafonds et dessinent des entrelacs de routes desquelles descendent les échos d'une vie pleine de fureurs étouffées. Quand les sons des machines et les bruits tombés des ténèbres se rencontrent, l'air se charge de lourdes menaces...

Mine-de-Rien a été placé dans une allée spéciale, là où l'on traite les cas les plus difficiles. La machine sur laquelle il est branché vibre plus nerveusement que les autres ; c'est comme si elle cherchait à extraire l'énergie et l'instinct de vie de cette créature sauvage, celle qui a survécu dans les bois dévastés, celle qui a affronté et vaincu le loup.

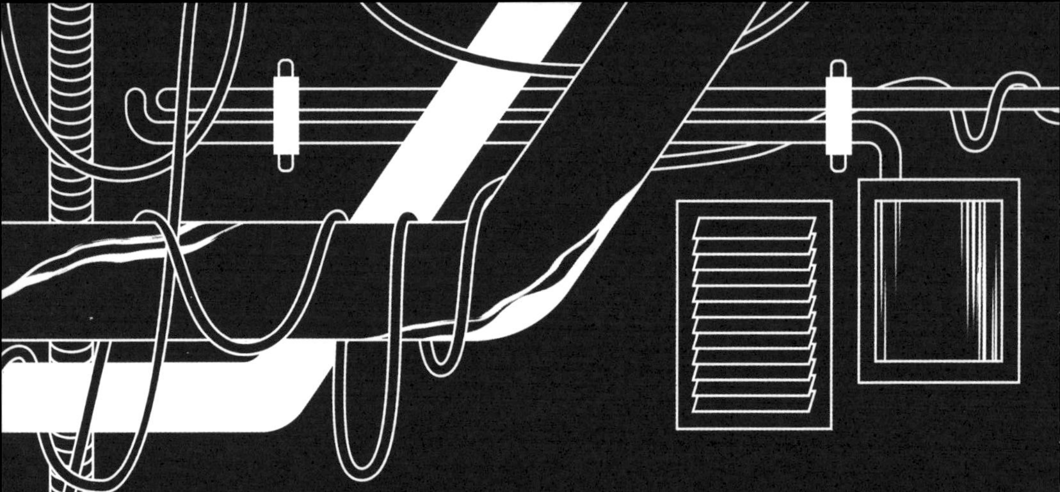

19. évasion

Quand elles perçoivent les souffles lourds et réguliers des enfants endormis, Saccage Bam-Bam et Montag se lèvent. Elles extirpent de sous leur matelas des vêtements soigneusement cachés là depuis plusieurs jours. Elles enfilent rapidement un pantalon et une chemise noirs, se couvrent la tête et le visage d'une longue pièce de tissu, noir lui aussi. Seuls ressortent leurs yeux brillants d'excitation, tout le reste du corps disparaît dans l'obscurité avec laquelle il se confond.

Montag se penche et tire de sous son lit la boîte où patientent les chauves-souris augmentées. À peine libérées, les éclaireuses font entendre la douce vibration de leur moteur. Elles déploient leurs ailes cerclées de métal noir ; les pointes scintillent, leur éclat répond à celui qui pétille dans les pupilles des deux amies.

Les mains de Montag s'ouvrent, et les volatiles montent immédiatement dans la nuit du dortoir où elle dirige leur vol. En silence, les deux filles s'élancent dans leur sillage. Elles grimpent sur une échelle murale, courent sur un chemin de ronde, glissent, leurs gestes sont précis, synchronisés, elles sont aussi discrètes et insaisissables que leurs guides qui attendent, la tête renversée, agrippées à une grille d'aération. C'est par là que se sont échappées leurs congénères lors du premier vol.

En quatre petits gestes secs, Saccage Bam-Bam descelle la grille, et Montag grimpe sur ses épaules pour se glisser dans la galerie ; elle se retourne, et aide son amie à la rejoindre. Elles remettent le rectangle de métal en place et commencent à ramper, devancées par les chauves-souris. Le conduit est étroit, mais il ne tarde pas à s'élargir, les filles peuvent avancer plus facilement, et, au bout d'une centaine de mètres, elles parviennent à se tenir debout. Elles baissent le masque de tissu qui les protégeait de la poussière. Elles sourient, malgré l'odeur désagréable, lourde et tiède qui règne dans ce labyrinthe. Elles avancent, toujours guidées par les petits robots qui virevoltent en éclaireurs. À mesure qu'elles progressent, la température augmente, l'air devient moite, et elles respirent avec difficulté.

Elles ne faiblissent pas, car le signal qui atteste que Mine-de-Rien ne se trouve pas loin d'elles se fait de plus en plus audible. Leur course s'accélère, elles entament une longue ligne droite quand la fugitive à la crinière de feu pile net et attrape sa partenaire par le bras.

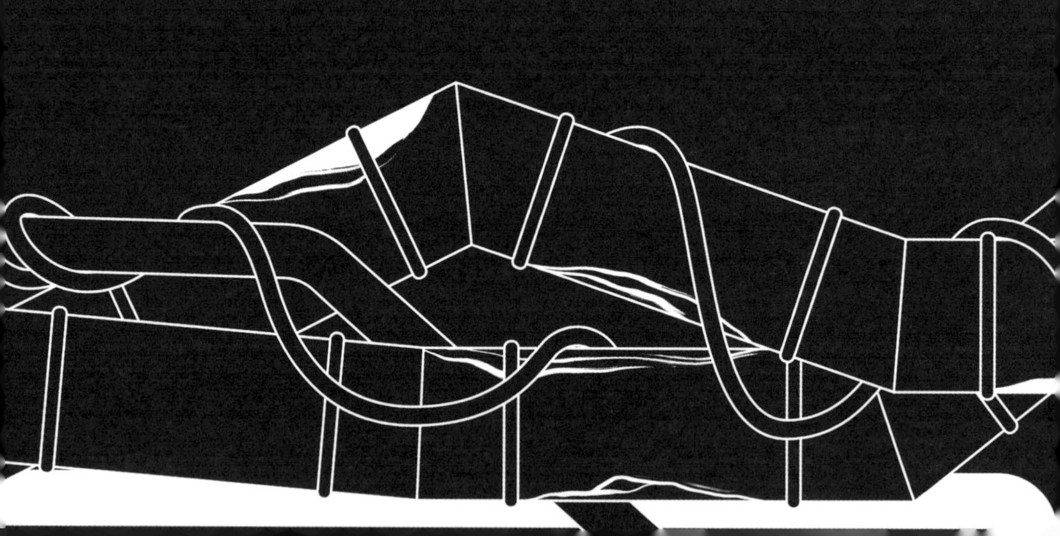

Elle vient de recevoir une phrase de Mine-de-Rien, et elle ne peut contenir sa joie. Elle se met à battre des mains ! Le message lui reste pourtant obscur. Elle ne sait pas encore que l'enfant errant est devenu voyant...

ma voix raisonne
fabrique
des silences
entre les murs

je t'attends

La fuyarde serre les mains contre son cœur, ferme les yeux et envoie une prière dans la nuit.

– Murmure encore, guide-moi jusqu'à toi, petit frère.

La phrase fuse, file, rebondit sur les parois de la galerie et prend de la vitesse, dépasse les chauves-souris, quand elle est brusquement stoppée dans sa course folle. On entend un – *ploc* – sinistre qui résonne dans l'air. Tout devient étrangement silencieux, d'un silence pesant, chargé du souffle des filles et d'une crainte qu'elles n'osent pas formuler. Elles voient, au loin, au plus profond de la ligne droite, deux points rouges étinceler dans la nuit. Instinctivement, elles se serrent l'une contre l'autre. Et leur respiration s'arrête lorsqu'elles réalisent que les braises avancent à toute vitesse vers elles. Ce sont deux méchants petits incendies qui se précipitent à leur rencontre.

20. visions

Dans le dortoir, les souffles des enfants sifflent, comme si leur sommeil était en train de se fissurer. On entend des bâillements monter dans l'obscurité, et on devine la forme blanche de pieds qui se posent par terre. Et remontent immédiatement après le contact avec le sol glacé.

Et se posent à nouveau. Les corps suivent maintenant, dressés dans la nuit.

Sur les coursives, les hommes en noir patrouillent, ne jettent même pas un regard aux longues files de lits. Ce sont les écrans qui trouent l'obscurité et surveillent inlassablement les forçats épuisés. Pourtant, sous les draps, des poings se serrent, une agitation gagne du terrain.

Au-dessus de la ville forteresse, le vent souffle plus fort, on peut entendre les arbres craquer, les toits des immenses bâtisses se soulever, et les rues sont balayées par des tornades qui emportent tout sur leur passage.

Ailleurs, dans la campagne, les loups courent dans les forêts, se rapprochent des villes. Leurs yeux brillent d'une colère nouvelle. C'est autre chose que la faim qui les pousse à s'approcher ainsi des grandes et hautes portes des cités.

Dans leurs maisons, au loin, les parents dorment d'un sommeil lourd. Ils ont presque oublié leurs enfants. Ils ne connaissent plus leurs noms, ils ne savent pas pourquoi ils continuent à se lever le matin. Ils ne savent plus rien, ils ont abandonné la partie.

Des vols de corbeaux déchirent le ciel, leurs longues ailes cachent par moments les étoiles qui brillent plus fort que jamais.

Les hommes en gris sillonnent le pays. Leurs bus traversent un décor désert, et la lumière des phares est littéralement avalée par la nuit.

Dans les sous-sols de la ville, dans une des salles dévolues au reconditionnement des individus qui ne sont pas encore utiles à la « grande reconstruction », Mine-de-Rien, flotte, les yeux fermés, dans une cage de verre. Il sourit, derrière l'appareillage qui lui permet de respirer. Il sourit car il reçoit, clair et limpide, un message de sa sœur :

– Murmure encore, guide-moi jusqu'à toi, petit frère !

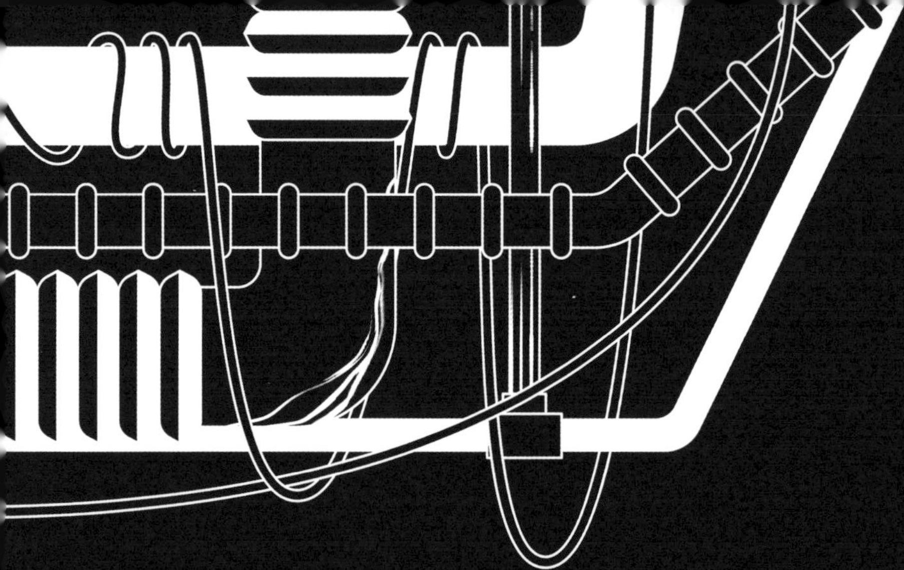

21. le rat

Les fuyardes se tiennent au milieu de la galerie. Elles font face à un gigantesque rat qui occupe tout l'espace et dont les flancs épousent presque l'arrondi des parois. Les yeux de braise semblent consumer la nuit. Les pattes avant, monstrueuses, sont ramenées sous les moustaches et se frottent l'une contre l'autre, soulignant l'appétit de leur propriétaire.

Le temps suspend son infernal cheminement, l'image se fige et devient tableau. Le rongeur dégage une odeur fétide, et son pelage râpé est balayé par sa queue, long fouet sale qui cingle l'air dans un sifflement strident. À ce bruit désagréable, s'ajoute celui, insupportable, des dents qui claquent. La bouche du rat ruisselle… des flaques brillent sous son museau et le bruit des gouttes, ploc, ploc, ploc, fait courir un frisson dans le dos des filles…

L'animal exhibe ses crocs et s'excite dans de rauques feulements, signe qu'il va passer à l'attaque.

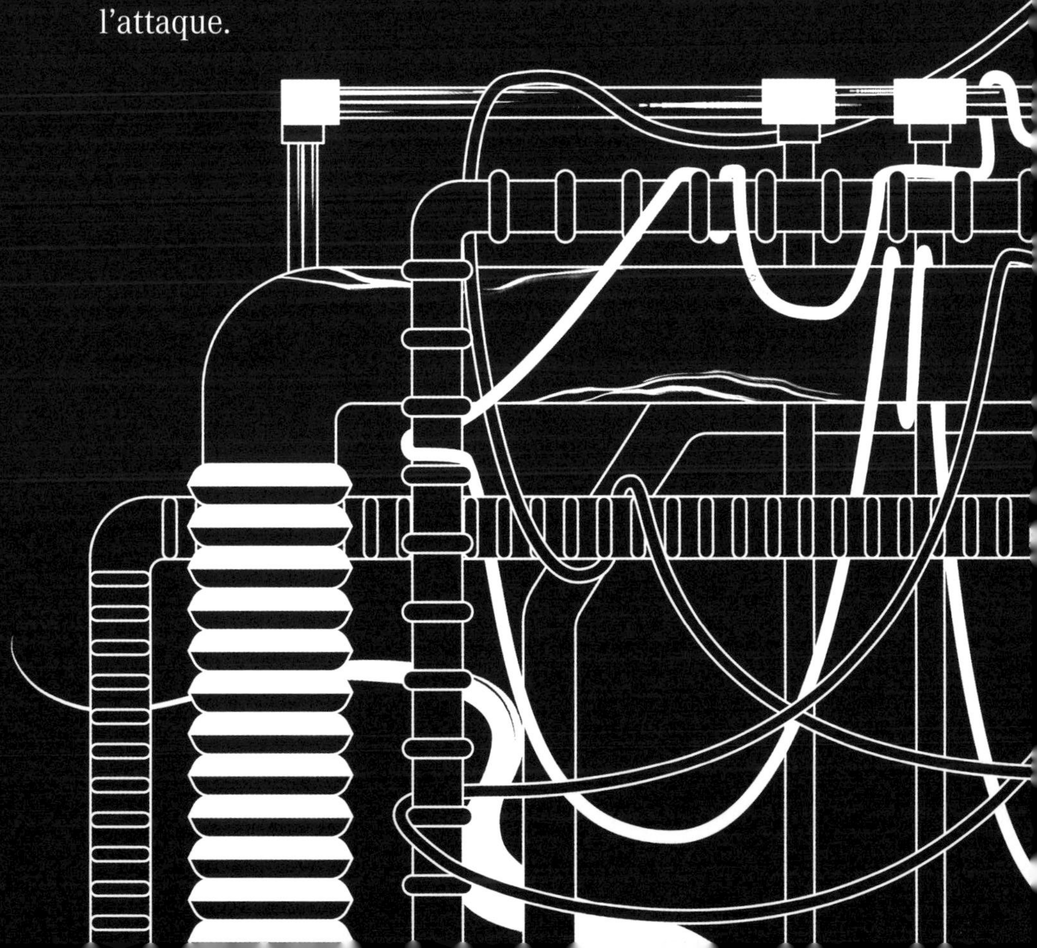

Saccage Bam-Bam et Montag, avant que l'infecte créature ne déclenche son offensive, filent dans le boyau qu'elles viennent de parcourir. Surpris, le rongeur s'élance à leur poursuite, ses pattes griffues accrochent et raclent le sol métallique, faisant jaillir des étincelles, tandis que son énorme ventre rebondit contre les cloisons qui tanguent sous la violence des chocs. Les fugitives ont une légère avance, mais elles entendent les sifflements se rapprocher, là, tout près, dans leur cou. La bouche chargée de lames de rasoir va leur déchirer le dos. Leur fuite se transforme en cavalcade désespérée.

C'est à cet instant que réapparaissent les chauves-souris qui dépassent le mastodonte. Les machines, dirigées par Montag, bifurquent brusquement à droite, plongeant le couloir dans le noir le plus complet. Le rat, emporté par son élan, se fracasse contre les parois. Il se redresse et s'engage dans la nouvelle ligne droite qui se trouve devant lui : un grand vide silencieux lui fait face.

Mais où a filé son dîner ?

Les deux filles sont suspendues aux câbles électriques. Elles serrent dans leurs mains le tissu qui protégeait leur visage ; les deux étoffes ont été nouées ensemble et font maintenant office de corde. Concentrées, elles retiennent leur souffle et attendent.

Les robots surgissent devant le rongeur. Ce dernier, ivre de rage, s'avance, la gueule ouverte, pour croquer les créatures ailées qui le narguent. Saccage Bam-Bam et Montag stoppent brutalement son avancée en coinçant la corde dans sa gueule. Le rongeur est entravé puis tracté par les filles vers le plafond où son crâne hirsute ne cesse de cogner. Pris au piège, ses pattes arrière touchent à peine le sol.

Les deux amies se collent contre la voûte pour échapper à la fureur de la bête qui se balance de droite à gauche, poussant des cris, faisant trembler tout le labyrinthe. La galerie est composée de longs tubes encastrés les uns dans les autres, et tout cela commence à vaciller, à se désolidariser dans un grand vacarme. Des pièces métalliques, des boulons roulent dans l'obscurité.

La corde improvisée est bientôt réduite en charpie, et l'horrible gueule du rongeur approche dangereusement de leur cou. Elles peuvent sentir l'haleine putride de l'animal sur leur visage. Instinctivement, Saccage Bam-Bam projette les pieds pour repousser le rat. Sous la puissance du coup, celui-ci part à la renverse. Il se vautre et la structure cède avant de se disloquer dans le vide.

Les tubes de métal volent dans l'air et rebondissent, loin, sur le sol. Les câbles étirés au point d'être déchirés font jaillir des gerbes d'étincelles, tout de suite après, des flammes courent dans le conduit, descendent le long des murs. Le rat se démène et tente de fuir dans la partie intacte du couloir, mais celle-ci s'effondre sous son poids. Les deux amies, accrochées à un câble, se balancent dans le vide et voient le prédateur chuter et disparaître dans un horrible fracas.

Elles sont suspendues au-dessus d'une immense salle où s'alignent des cages transparentes remplies d'un liquide phosphorescent qui éclaire doucement l'espace. Plus haut encore, on entend des

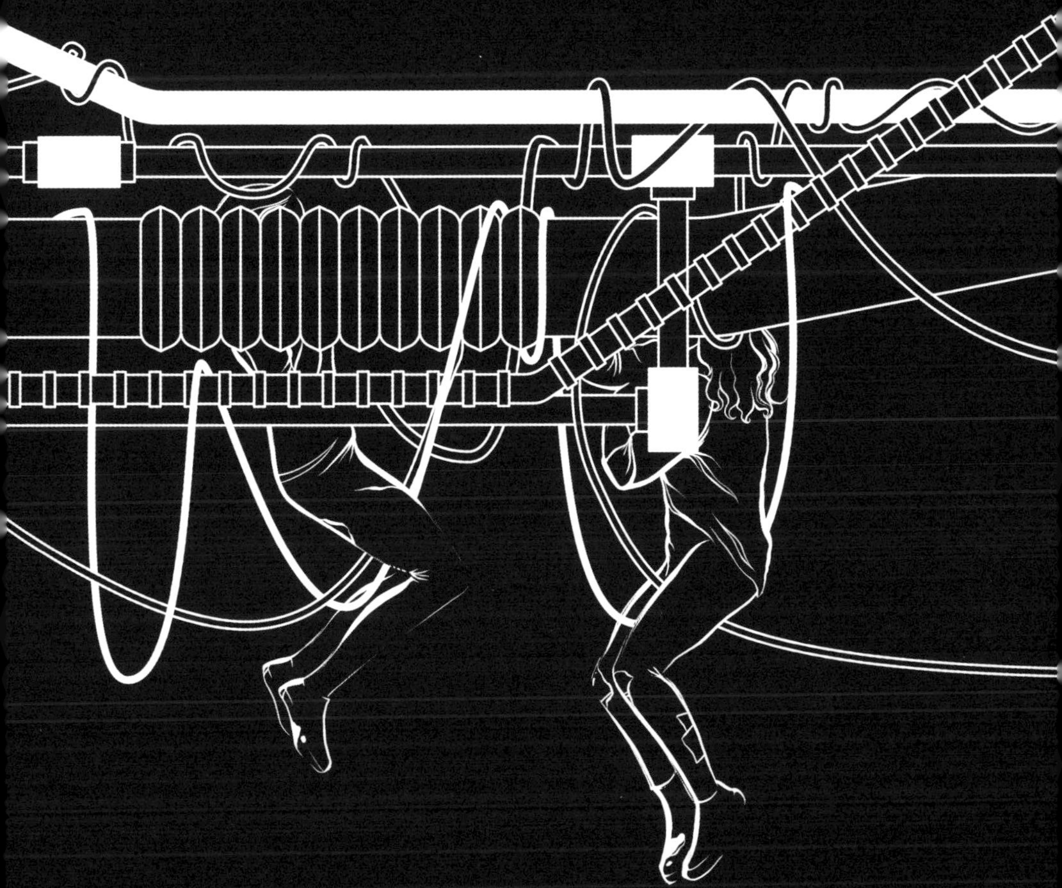

flammes crépiter, les câbles brûlent et leur liane improvisée fond, s'allongeant brusquement. Elles ont juste le temps de sauter sur le couvercle de l'une de ces étranges prisons de verre.

– Saccage Bam-Bam, ma sœur, mon âme, tu es venue...

22. soulèvement

Saccage Bam-Bam pose les mains contre la vitre. Elle ferme les yeux et se concentre pour envoyer un signal, aussi faible soit-il, à son frère. Elle sent, pour la première fois depuis leur séparation, qu'une partie de ses pensées parvient à sortir de sous son crâne et à flotter jusqu'à Mine-de-Rien. Le souffle de vie qu'elle envoie agit comme une caresse sur la peau de l'étrange pieuvre qui lui fait face.

– Mine-de-Rien, petit frère, est-ce que tu reçois ma voix ?

Il est difficile de lire sur le visage du captif : la tête aux yeux clos est sanglée d'un appareil respiratoire qui ne laisse transparaître aucune émotion.

– Je vais te sortir de là, on va s'enfuir, laisser tout ça derrière nous.

Montag se glisse dans les pensées de son amie et souffle vers le revenant une question qui lui brûle les lèvres :

– Est-ce que tu peux nous emmener ailleurs, nous montrer le chemin pour quitter cette ville ?

Saccage Bam-Bam se rend compte que Mine-de-Rien lui a manqué au-delà des mots. La petite entité qu'ils formaient, avec ses codes, ses rites et ses fous rires, faisait partie d'elle-même, la protégeait tout en la faisant grandir. Sous terre, confinée à des travaux abrutissants, elle s'est épuisée, réduisant ses forces à un petit tas de cendres froides. Là, les mains posées sur la vitre derrière laquelle est retenu son frère, elle sent un courant électrique doux et chaud, qui circule en elle.

Du plafond, sortant de la galerie éventrée, les étincelles, les crépitements, commencent à gronder et à chuter dans l'immense salle.

Lorsqu'elle a retiré le masque du visage endormi, les tentacules sont retombés lourdement dans le liquide vert fluorescent. Avant qu'il n'ouvre les yeux, la main du garçon a saisi celle de sa sœur.

Il la serre
Ils se retrouvent
Ils ne font plus qu'un
À nouveau

– Merci, Saccage... viens, sortons d'ici !

Il ouvre les yeux, ça crépite dans sa tête comme les flammes qui les entourent maintenant.

– Et brûlons cette prison...

Les deux amies poursuivent leur travail, synchronisent leurs déplacements : elles glissent d'une cage à l'autre, ouvrent rapidement les trappes et remontent les corps à la surface. À l'instant où le masque est retiré, les enfants reviennent à la vie.

Cette résurrection effectuée, garçons et filles s'attellent à la tâche et répètent les gestes de leurs libératrices. Au début, leur travail s'exécute dans une chorégraphie silencieuse, mais, à mesure que le groupe grossit, que les prisonniers retrouvent leur voix, c'est une rumeur, une clameur qui enfle, gronde et submerge l'interminable hangar où ils se trouvent.

Durant le temps que dure l'opération, depuis la voûte noire qui fait office de plafond, là où l'œil ne distingue plus rien, des lianes de feu continuent de tomber, propageant des incendies. Des explosions retentissent, suivies de nouvelles descentes de flammes.

On voit des groupes se former, ouvrir des portes, disparaître dans des couloirs. Tout ce qui se trouve, se ramasse, se brandit, devient lance, massue, bouclier. C'est une armée pleine de joie et de révolte qui se constitue, gonfle et gronde joyeusement.

Derrière cette effervescence, on peut entendre une autre vague qui approche.

Les hommes en noir, organisés en régiments, convergent tous vers la salle de reconditionnement. Ils marchent au pas et frappent leur bouclier carré de leur bâton.

Un bruit sec et douloureux.

Comme un os qui craque.

23. feux

Le voyant, les cheveux mal en ordre, se dresse sur le couvercle de la cage qui le retenait prisonnier. Il s'élance vers le sol en visant un levier sur lequel il pèse de tout son poids et qui se casse d'un coup sec. Entre ses mains, la longue tige devient une lance de combat. La lourdeur du métal, l'habilité et la souplesse du chasseur. Le souvenir du goût de sa liberté volée envahit un instant sa bouche. Vient ensuite l'odeur du sang, un parfum sale, métallique, celui qui précède les affrontements où l'on joue sa vie. Où il faut prendre celle des adversaires.

Son esprit se connecte immédiatement à celui de Saccage Bam-Bam. Montag glisse entre les informations que s'envoient le frère et la sœur. C'est elle qui ouvre la voie vers les dortoirs, vers l'usine, vers tout ce qu'il faut libérer et réduire en cendres. Et chacun de rêver de flammes si hautes qu'elles lèchent et illuminent le ciel invisible.

Par instants, comme un éclair qui frappe loin de l'orage, un écho fracasse son élan.

Fauché.

Happé par une voix qu'il est seul à entendre, Mine-de-Rien se redresse et se concentre pour retrouver son souffle. Mais l'écho, devenu hurlement, l'attaque impitoyablement.

Des visions explosent derrière ses paupières.

Fusion des sens.

Le voyant est appelé.

Impérieusement.

Plus bas, dans les entrailles de la terre, là où palpite l'inconnu – et la peur – là où sa course le précipite.

Les écrans, désertés de leurs présentateurs, affichent un regard désespérément vide. Le plasma commence à fondre et s'écoule en larmes gélatineuses, lourdes, qui forment de larges taches sombres sur le sol.

Alors qu'un indomptable fleuve d'enfants dirige ses pas vers les gigantesques portes de la salle de reconditionnement, celles-ci cèdent brusquement et font surgir une marée d'hommes en noir. Même l'œil de chasseur de Mine-de-Rien n'arrive pas à distinguer les derniers rangs de cette armée. Instinctivement, les plus jeunes se serrent derrière lui. Barres de fer, outils, sont pointés vers les uniformes. La troupe ressemble à un animal fantastique hérissé de défenses improvisées.

Les groupes se font face, attendant qu'un signal déclenche l'affrontement. Les flammes montent de partout, jetant des lueurs sur les visages crispés. Le feu prend une telle ampleur que les machines se détraquent, déversant des liquides qui alimentent le brasier. Seuls les soldats semblent capables d'absorber toute cette source de lumière : on ne distingue rien de leurs traits toujours noyés d'obscurité.

Les deux masses s'observent et restent figées. Des bords de la carapace géante surgissent des mains qui renversent de lourdes caisses en direction des militaires. Croyant à un piège, ceux-ci réagissent et chargent, mais les mutins ont jeté sous leurs pieds des milliers de billes métalliques qui provoquent un effondrement de leurs lignes.

Les combattants les plus proches des soldats qui chutent ramènent leurs prises et d'autres mains les dépouillent de leurs armes. Celles-ci ressurgissent, fauchent, assomment à une cadence infernale et la bataille tourne au grand chaos.

Les corps à corps se multiplient et des cris, sauvages, douloureux, vrillent les tympans. Les os craquent, les combattants s'affaissent, le sang gicle, inonde les bouches et macule les mains. Des orbites abandonnent des globes oculaires qui roulent, incrédules, entre les pieds des assaillants.

De la fumée monte derrière les gardiens qui se trouvent empêtrés dans un brouillard suffocant.

Les boucliers subtilisés réapparaissent, alignés comme des escaliers sur lesquels grimpent les plus véloces des insurgés. Arrivés au sommet de cette improvisation guerrière, ils envoient sur l'arrière des lignes ennemies des bouteilles enflammées dans lesquelles danse un liquide doré.

Les bombes de verre explosent, répandent des flammes meurtrières et la panique dévore les rangs des soldats qui tanguent et s'affaissent subitement, torches traversées de cris d'effroi.

C'est comme si des bourreaux assistaient à leur propre exécution.

Sans coordination, d'un simple coup d'œil, des équipes se forment et leurs déplacements laissent les hommes drapés de noir ahuris : ce n'est pas une attaque frontale, ce sont des glissades, des bonds qui fauchent, tailladent les fantassins qui ne cessent de chuter. Une chute dont peu se relèvent.

Montag occupe tous les postes et se presse aux endroits stratégiques ; c'est elle qui rabat les immenses portes, réduisant encore les possibilités de réorganisation des ennemis. Elle mène des grappes récupérer les bâtons, ou les boucliers éparpillés sur le sol poisseux et aide ceux qui ont été blessés à évacuer le champ de pagaille.

Mine-de-Rien fait progresser les enfants vers les parties les moins touchées par l'incendie. Saccage Bam-Bam et Montag le rejoignent et entraînent tout le monde vers les parties basses de la ville, vers les dortoirs, vers l'usine. Ils progressent dans de larges couloirs, au milieu des explosions et des courses de petites troupes que l'on entend avant de les voir émerger de l'épaisse fumée. Ainsi, gardiens de noir vêtus ou mutins bigarrés surgissent par vagues et disparaissent dans la seconde qui suit. Des ordres, des cris fusent et s'évanouissent à leur tour.

Les combats sont d'une violence inouïe et tous ceux qui sont encore debout savent qu'ils ne luttent pas pour leur liberté ou pour rétablir l'ordre. Chacun combat sauvagement pour sauver sa peau.

Et tous les coups sont permis.

Les portes des dortoirs cèdent facilement. Les surveillants, débordés, piétinés, ont pris la fuite, les lits sont retournés, renversés et, retrouvant leur instinct d'enfant, tous cèdent à l'envie folle, libératrice de se jeter dans la plus grande bataille d'oreillers jamais rêvée. Les rectangles blancs crèvent les uns après les autres. Les rires, les défis fusent, les pieds nus, maculés de suie et de sang, rebondissent sur les matelas, et les corps s'envolent dans une infinie chute de flocons. Les respirations s'accélèrent, les mains retrouvent le sens du jeu et, au coin de bouches fendues de véritables sourires, on devine la présence immaculée d'authentiques anges. Et les plumes, sous les souffles avides, tourbillonnent dans les airs.

24. vers la lumière

La fête improvisée bat son plein, chacun s'abandonne avec une insouciance démultipliée par des mois, des années de privation. Les oreillers éventrés, encore et encore, font voltiger leurs plumes jusqu'à la voûte des dortoirs. Saccage Bam-Bam, Mine-de-Rien et Montag se jettent dans la mêlée, et leurs rires composent des harmonies qui jaillissent vers le ciel. Une grappe de tout-petits a pris Mine-de-Rien en chasse et l'encercle pour mieux l'assaillir. Alors qu'il a replié ses bras pour esquiver l'avalanche blanche qui menace de le noyer, il risque un œil sur ses assaillants. Incrédule, il les voit s'envoler un à un, fusées subitement déclenchées par une main invisible ! Leurs pieds flottent dans les airs, taches pâles qui laissent une empreinte dans les yeux de Mine-de-Rien avant de s'évanouir, comme des tourterelles effrayées, dans les ténèbres.

Il se redresse brusquement, le temps que les enfants disparaissent dans les coursives. Il discerne des formes sanglées de gris qui se tendent au-dessus des barrières pour se saisir des corps qui flottent, pris dans des lassos manipulés par d'autres mains. Il comprend que les hommes en gris ont investi la cité. Ils sont là pour mater ce soulèvement et mettre fin à l'embrasement qui ne cesse de gagner du terrain.

Ces troupes d'élite, habituées à patrouiller à la surface, dans des contrées désolées, ont apporté la dureté des pierres, la sécheresse du vent qui ne souffle plus depuis longtemps que sur des cendres froides. Ces soldats n'ont pas la lourdeur mécanique des hommes en noir, ils se déplacent avec souplesse, en silence et frappent vite, avec précision. Ce sont des chasseurs. Dans leur sillage flotte l'odeur du sang, le goût de la mort.

Mais il existe des créatures plus silencieuses que le plus redoutable des prédateurs...

Montag libère des milliers de chauves-souris reprogrammées qui prennent les hommes en gris de court : les robots surgissent des quatre coins du dortoir, ils sortent des gaines d'aération, des trappes dans le sol, des portes éventrées. C'est un déluge qui s'abat sur eux, et ils laissent s'éparpiller les enfants qui retrouvent les rangs des insurgés. Le ciel de la prison tangue sous la pression de cette marée d'ailes plus noires que l'encre de la nuit. Les pointes de celles-ci, tranchantes comme des rasoirs, blessent les soldats qui sont aveuglés par un rideau de volatiles. La jeune fille dirige le vol de ces créatures hybrides dont la part mécanique s'évanouit doucement. Les mutins profitent de cette diversion pour s'enfoncer dans les profondeurs de la matrice. Le frère et la sœur s'aventurent toujours plus loin, toujours plus proches du cœur de l'usine. C'est Montag qui guide leurs pas. Ils traversent des pièces encombrées de machines qui se disloquent, de caisses ouvertes, retournées et dont s'échappent des outils qui arment les mains encore vides.

La course de cette joyeuse bande est suffocante, l'incendie déclenché dans la salle de reconditionnement fait des ravages et progresse comme un ouragan assoiffé de destruction. À cela s'ajoute une moiteur insupportable qui monte depuis les profondeurs.

Mine-de-Rien perd pied dans cet enfer souterrain et titube dans celui qu'il s'est forgé dans le fin tissu de ses rêves. Les mots s'enfuient de son crâne de voyant, le voilà la proie des doutes et du silence. Il sent la présence rassurante des filles dans son dos, leurs regards fixés sur sa nuque. Il avance, glisse, se baisse, lève les bras pour échapper à la fournaise, et sa fuite en avant se transforme en une danse très élégante. Les chauves-souris l'escortent en si grand nombre que leur vol crée de brusques courants d'air qui détournent les flammes menaçant de l'engloutir à chaque instant. Mine-de-Rien fait un signe pour que les enfants rebroussent chemin. Il poursuit seul, avec les mots de Saccage Bam-Bam qui tambourinent sous son crâne et le supplient :

– Reviens, reviens, tu n'es pas obligé de te sacrifier, pas maintenant que je t'ai retrouvé !

Mine-de-Rien s'éloigne seul dans le brasier. Sa voix, délicate et tendre, chuchote à l'oreille de sa sœur :

– Nous ne sommes pas séparés, nous ne l'avons jamais été.

Montag empêche son amie – qui ne sent pas la morsure des flammes – de mettre ses pas dans ceux de son frère. Un ballet d'apocalypse se joue dans ces sous-sols où les enfants ont trimé sang et eau sur des machines qui ont réduit leur imagination à néant...

À mesure que le garçon progresse, ses poumons brûlent, et il est obligé de protéger son visage en le couvrant d'un foulard qui ne laisse briller que ses

yeux. La descente se poursuit. La fournaise est telle que l'air vire à l'orange, puis au rouge. Sa vision se trouble. Il doit fournir des efforts puissants, un pas après l'autre... Mine-de-Rien ressemble à un coureur absurde, saisi au ralenti, presque figé.

Autour de lui, flottent des objets, des pièces arrachées aux machines. Les chauves-souris s'agglutinent contre une immense porte dont le centre est composé d'une lourde roue. Quand Mine-de-Rien l'atteint, il emploie ses dernières forces pour la faire pivoter.

Le chasseur solitaire sent son cœur battre fort comme lorsqu'il affronte les bêtes sauvages, ses tempes bourdonnent, et ses mains lui font mal tant il serre fort le manche de sa lance. Il avance dans un espace entièrement nu dont seul le centre palpite dans les reflets d'une lumière douce. C'est un demi-cercle, un léger monticule, une paupière close qui trône là, devant lui. La sueur brouille sa vue, mais il découvre que le cœur de la matrice est cet œil qui s'ouvre et se ferme comme les siens.

Un œil qui l'a suivi durant son errance et qui n'a eu de cesse de l'attirer à lui.

Un œil si puissant qu'on ne saurait le fixer. Et qui veut réduire à néant le garçon qui l'observe durement.

Mine-de-Rien est fasciné par cette forme vivante. Lorsque l'œil paraît, que la paupière ourlée de longs cils le dévoile, ce n'est pas une pupille qui le fixe mais une masse mouvante, d'un bleu profond. Sa surface gélatineuse est agitée par les mouvements fluides de créatures marines qui empruntent à la murène et à l'anguille sans leur ressembler tout à fait. Par instants, le monstrueux enchevêtrement s'ouvre en son centre, et une clarté bleutée s'échappe, en forme de halo. L'espace semble alors vibrer au rythme des pulsations de cette source lumineuse.

Le face-à-face, longtemps repoussé, met en jeu des forces que tout oppose.

Et qui cherchent à se détruire.

Impitoyablement.

Cette danse grouillante d'où émergent des tentacules qui fouettent l'air, produit des figures de plus en plus désordonnées. Au moment où se diffusent une nouvelle fois les rayons azurés, Mine-de-Rien fait brusquement tournoyer au-dessus de sa tête la lance et la plante au centre de l'œil.

Une crispation électrique le traverse et le soude à son arme. Les faisceaux se brisent comme les colonnes d'un temple antique sous l'effet d'un tremblement de terre. Le sol s'ouvre, traversé de profondes lézardes, et toute la pièce est soulevée par une puissance démoniaque. Mine-de-Rien est emporté vers les hauteurs, alors que les murs s'effritent, tombent en morceaux.

L'œil, le centre, la matrice, cet ensemble, ce tout, se fait fusion incontrôlable qui pousse depuis les entrailles de la terre. Dans un chaos, les couleurs se mêlent et deviennent de nouvelles propositions, le rouge de l'incendie avale le bleu de la matrice : un arc-en-ciel en feu, une pluie d'orage orange, une rivière pourpre, des nuages éclatant en pluie argentée...

À la surface, la ville entière est soulevée par ce qui monte des profondeurs : une tour infernale, ronde, instable dans sa course vers les nuages. Cette fièvre de pierre et de métal mêlés grandit de façon vertigineuse. On peut voir filer comme des comètes, des machines, des armes, des lits, des outils qui se dispersent dans les airs. À mesure qu'elle grimpe, la tour grossit, vibre et porte un drapeau flamboyant en son sommet : Mine-de-Rien.

La colère de la terre déclenche un orage, des vents, des ouragans qui claquent et déchirent les cieux. Cette ronde tourbillonnante finit par exploser dans un fantastique feu d'artifice. La tour s'effondre, et la terre est parcourue d'un profond frisson qui la cambre. Les hommes en gris et les hommes en noir roulent comme des billes s'échappant d'un sac crevé. Personne ne les reverra plus.

25. visions de Saccage Bam-Bam

Les enfants se regroupent et, dans des nuages de poussière, se lancent à l'assaut de l'horizon. À la tête de cette fantastique troupe, marchant main dans la main, se détachent les silhouettes de Saccage Bam-Bam et de Montag. La première a libéré ses cheveux, et c'est une cascade de mèches flamboyantes qui dansent sur ses épaules.

Alors qu'ils avancent, ivres de leur victoire, les enfants passent en chantant sous des armées anéanties d'écrans. Ces grands rectangles grisâtres, vautrés dans les cendres, ne leur dictent

plus rien et mieux encore, ne les observent plus. Ils évoquent des créatures borgnes et quand ils surgissent pendus par grappes le long de poteaux, ils ressemblent à des géants aveugles qui flottent dans l'air.

Sur les routes dévastées, des plaques de goudron dessinent des îles. Sauter de l'une à l'autre évade l'esprit et amuse les plus petits. Dans le ciel, on peut lire l'avenir dans le vol des goélands. Et si on ne sait pas lire, on peut inventer, ce qui est mieux encore. Saccage Bam-Bam et Montag rient pour un rien et s'amusent de tout. C'est pour faire fuir la tristesse qui rôde et tente de s'installer dans leurs regards, sous leur crâne. Mine-de-Rien a disparu. Encore une fois. Et il n'y a pas de mots pour exprimer cette absence, pas de formule pour le ramener... Le voyant s'en est allé. Saccage Bam-Bam saisit la main de son amie :

– On a trop perdu dans cette histoire...

Des larmes brouillent sa vue et son cœur bat comme s'il courait après quelque chose.

Montag s'arrête et toute la troupe fait de même. Ils sont loin du réseau d'usines maintenant. Le ciel fait défiler des nuages à toute vitesse. Sur un fond d'azur éclatant, les lignes les plus folles surgissent et se métamorphosent pour créer ce que l'imagination de chacun veut bien y voir…

Montag attire son amie près d'elle ; la longue marche reprend, leurs souffles se mêlent, elles savourent le goût de la liberté et elles laissent leur peine flotter dans l'air et monter dans le ciel. Montag, comme à son habitude, envoie une douceur à Saccage Bam-Bam :

– Nous ne sommes pas séparés… Ni maintenant ni jamais…

La jeune fille rousse sourit, et son regard porte sur les montagnes, traverse les nuées, et, partout, elle découvre le visage de son frère, ombre discrète qui guide leurs pas.

26. sur les routes

L'immense colonne d'adolescents poursuit son périple et traverse des territoires qui fument encore par endroits. La ville souterraine n'en finit pas de se consumer... mais les braises qui meurent doucement à la surface de certaines artères, à la lisière des bois, montrent bien que la vie se joue maintenant au grand air.

La campagne est moins désolée, la nature offre des signes de vigueur que toute la troupe remarque. Les bosquets, jadis rachitiques, retrouvent de l'épaisseur et lancent des poignées de bourgeons vers le ciel.

Les forêts qui ressemblaient à des cimetières de troncs noyés sous les cendres, sont parcourues de frissons. Elles renaissent sous l'impulsion d'une sève vigoureuse et font surgir la végétation là où on ne l'attendait plus.

Partout, un écho de plumes traverse l'espace. Un élégant trait noir dans le bleu du ciel. Cris, sifflements. Dans les champs, sabots, pattes, impriment de nouveau leur trace dans la terre. Même si les vagabonds ne croisent encore aucun animal, ils en observent partout la présence.

L'air perd sa senteur métallique, et l'odeur de poussière froide, qui rendait la respiration difficile, s'estompe. Les voyageurs abandonnent les foulards qui les protégeaient. Sourires, chants, éclats de rire. Avènement d'une communauté dépenaillée et joyeuse.

Les chemins sont effondrés mais l'horizon, dégagé, les enfants qui viennent de reconquérir leur liberté sont animés par le seul plaisir de la marche. Dans un paysage qui semble s'inventer sans cesse, ils croisent chaque jour de nombreux écrans qui sont tombés ou ont été arrachés. Personne ne remarque que quelques-uns, encore agités de soubresauts électriques, diffusent, par intermittence, les visages des deux présentateurs. L'homme et la femme ont maintenant un teint cireux et leur sourire n'étincelle plus du tout. Mais cette image ne dure pas. Elle finit par s'évanouir définitivement. Les récepteurs affichent l'air navré des vaincus et assistent, en silence, au passage de troupes bruyantes qui les ignorent.

Un soir, alors que le soleil se couche, la colonne vient buter sur un immense carrefour. L'asphalte, arraché, soulevé, a jeté par terre tous les panneaux de signalisation. Ce n'est pas grave, vu que personne ici ne cherche à aller où que ce soit... mais l'image impressionne la troupe... Les routes défoncées s'élançant vers l'horizon, les barres tordues des panneaux, tout cela compose un tableau qui invite à l'aventure...

Aucun ordre n'est donné.

Le campement pour la nuit s'organise et des feux sont rapidement allumés.

Là-haut, des étoiles scintillent avec bienveillance. Leur puissante pâleur et les reflets dorés des flammes se rejoignent pour illuminer le décor.

Sur les panneaux renversés, chacun déchiffre, le sourire aux lèvres, le puzzle que composent de grosses lettres brossées à la peinture rouge :

LA VIE EST AILLEURS

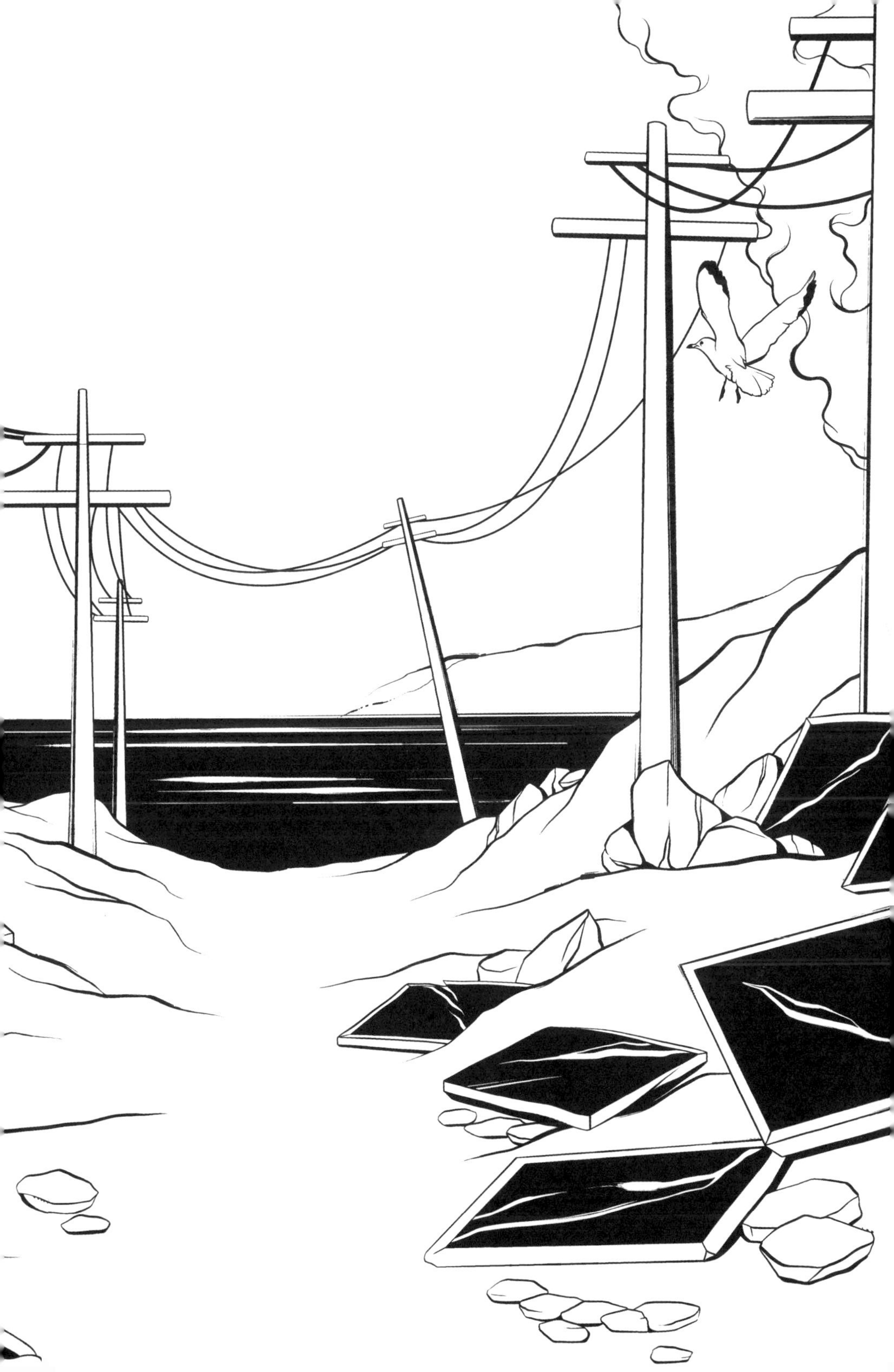

Remerciements

Reconnaissance infinie à Anne-Marie Léger, pote impeccable, pour les innombrables relectures et précieux conseils.

Reconnaissance également à Guillaume Guéraud pour les encouragements et le regard aiguisé sur la première version du texte.

Remerciements vifs à Olivier Pillé et à toute l'équipe du Rouergue qui patiemment, ont permis au livre de trouver sa (très belle) forme finale !

Emmanuel Langlade

Merci à Emmanuel d'avoir initié ce projet et de m'avoir permis d'illustrer son univers inspirant.

À mes amis, merci d'avoir accueilli mes « je peux pas, je dessine » avec une patience et un soutien indéfectibles.

À David, livreur de wraps pimentés et de cafés brûlants, directement sur le bureau, aux heures où mes yeux ne pouvaient quitter l'écran : merci pour ta tendresse, ton dévouement et ton écoute pendant mes monologues interminables.

Et surtout, merci à Olivier, dont la bienveillance, la confiance et l'empathie m'ont permis de me sentir légitime dans cette première aventure éditoriale. Tout notre travail conjoint s'est fondé sur l'équilibre parfait entre la liberté qu'il m'a encouragée à trouver et ses conseils éclairés. Ainsi, j'ai pu apprendre, oser, m'épanouir, et même me sentir un peu fière ! Je mesure la chance que j'ai eue de croiser son chemin.

Merci à vous tous de m'avoir portée, accompagnée, et d'avoir transformé ce projet en l'espoir d'un envol vers tant d'autres.

Sarah Marchand

Ouvrage réalisé par Cédric Cailhol Infographiste.
Reproduit et achevé d'imprimer par l'imprimerie Jelgavas en mai 2025.
Dépôt légal : septembre 2025 - ISBN : 978-2-8126-2753-8 - ISSN : 2416-7274

« Loi n°49-956 du 16 juillet 1949 sur les publications destinées à la jeunesse »

Imprimé en Lettonie.